9

歡迎來到實力至上主義的教室

Welcome to the Classroom of the supreme principle of force

衣笠彰梧
KINUGASA SYOUGO
トモセシュンサク
TOMOSESHUNSAKU

Kadokawa Fantastic Novels

歡迎來到實力至上主義的教室 9

Welcome to the Classroom of the supreme principle of force

contents

彩頁、內文插畫／トモセシュンサク

9
Kadokawa Fantastic Novels
歡迎來到實力至上主義的教室
衣笠彰梧
トモセシュンサク

葛城康平
一年A班。曾經對全班有
重大的影響力，但因遭到
龍園算計而失去地位。

神室真澄
一年A班。被坂柳
當作自己的手腳一
般使喚。
橋本正義
隸屬一年A班的坂柳
派。保持曖昧的態度
是他的信念，是個相
當有本事的人。

「欸，幹嘛啦。」

「我之前就覺得妳還不錯。妳就跟我交往嘛，輕井澤。
我不知道妳新的喜歡對象是誰，但要是妳還沒送出巧克力，
就表示妳還沒表明心意。沒錯吧？」
現在開始也不遲——他這樣強硬推銷。
「你在說什麼？……難道你覺得這種情況下我會說ＯＫ？」
「戀愛就是無法預期才有趣喔。」

『……對不起，各位！』

一之瀨站到講台前，對B班全體學生低下頭。
「妳、妳幹嘛道歉呀，一之瀨。妳根本就不需
要道歉。對吧？」
「現在開始——我要把瞞著
各位的事情都說出來。」

9

Welcome to the Classroom of the supreme principle of force

歡迎來到實力至上主義的教室

一之瀨帆波的獨白

我沒想過自己算是好人還是壞人。

我覺得自己只是順著母親的心願，率直地做自己而已。

我國小和國中的生活都非常順遂。

在男女之中都有許多朋友。

雖然有點不擅長運動，但還是付出了如學習課業程度的努力。

升上國三時，也順利當上嚮往的學生會長。

也得到可以作為學費全免的學生入學私立高中的保證。

開心的校園生活。

開心的私生活。

可是……這樣的我卻犯下了一次錯誤。

那是絕對不會被允許、絕對不可為之的「錯誤」。

臥病在床的媽媽，她當時的憤怒表情，當時的淚水。

妹妹受傷且封閉自我的悲痛表情。

我不可能會忘記。

我現在偶爾也會想起當時的事情。

顫抖的指尖。

顫抖的身體。

被染黑的內心。

我國三一半的時間毀於一旦，將近半年都足不出戶。

但是，那在某一天宣告了結束。

當我知道這所學校的存在時，就覺得必須讓這一切結束。

這也是為了——再次取回媽媽和妹妹的笑容。

所以我不會逃避自己的「罪過」。

我一定會正面接受。

我這樣發了誓。

可是——

我卻在這所懷著夢想入學的學校裡面臨了試煉。
我盯著一封信，只是僵在那邊。
同年級同學在附近都因為好奇而看了過來。
信裡寫的那一行字，我重看了好幾遍。
不論看了幾遍，那些文字都不會改變。

「一之瀨帆波是罪犯」。

在事件發生很久以前。

少女當時非常緊張。

地點是假日的學生會辦公室。

「一年B班的一之瀨帆波嗎？」

「是！」

她從喉嚨深處擠出聲音。

一之瀨面對南雲副會長的表情有點僵硬。

這是一對一的特別面談。

「學生會長對妳說了什麼？」

「他說現在還不是時候……」

希望加入學生會的一之瀨在入學後就立刻敲響了學生會的大門。

然而，堀北學生會長和一之瀨面談後，拒絕她加入學生會。

渴望進入學生會的一之瀨對此很氣餒。副會長南雲得知這件事實後，就馬上把一之瀨找來談話。

理由有三。一是她不隸屬A班，跟自己一樣都是B班。再者是學力優秀。最後一項是南雲對異性要求的外表門檻很高，而一之瀨充分滿足了那點。

然而，前兩項不過是附加價值。

重要的是，她有無作為私人物品擺在身邊的美觀價值。

「聽說妳國中時期也待在學生會，而且還是當學生會長嗎？」

「是的，所以我在這間學校同樣地也想加入學生會。」

這是一之瀨的真話。同時也是謊話。

「我聽妳的班導星之宮老師說過，妳入學考試的成績好像也很出眾。」

「謝謝。」

她坦率地接受那些誇獎的話。

可是，她無法直視南雲的雙眼。

「說真的，妳是相當優秀的人才。」

「可是……我沒得到堀北學生會長的認可……」

一之瀨苦笑後，就對這樣的自己感到羞愧。

因為她以為自己能加入學生會。

可是她還是勉強掛著笑容。

她覺得在這邊擺著不開心的表情也不能給人帶來好印象。

「堀北學生會長是很嚴格的人呢。恐怕是因為妳沒被分到A班，他才會擱置錄用妳的事情吧。那個人很重視頭銜。」

「這樣呀……」

這是南雲的謊言。

堀北乍看之下很執著於那種頭銜、階級。

可是事實上完全相反。他看的是人的本質。

他是個不論對方是D班還是A班，只要優秀就會予以好評的人。

不過，從被篩掉的一之瀨看來，南雲說的話感覺比較真實。

「要進入學生會的話，是不是就只得升上A班呢？」

「不知道耶。就算可以馬上升到A班，也不知堀北學生會長會不會認可。主要在於妳入學這所學校時，他就不覺得妳是純種馬了。不管現在開始妳打算多麼努力，堀北學生會長都絕對不可能接受被判定為B班的學生。」

面對那種殘酷的通知，一之瀨僅存的笑容漸漸消失。

「可、可是，南雲學長是B班出身吧？這樣還能當上副會長是——」

南雲立刻斬斷了那微小的希望。

「我的狀況有兩個理由。一個是原本願意把我加到學生會的人，是在堀北學長當上學生會長以前，換句話說，就是去年那屆三年級生的學生會長他們。不過，當時只有曾經是副會長的堀北學長，直到最後都對於我加入學生會不予肯定。」

一之瀨的表情越來越憂鬱。南雲見狀，內心雀躍不已。

他心想著絕對要把一之瀨加入學生會，當作自己的東西疼愛。

「還有另一個。就是我自知自己的潛能有多高。我自詡原本就是應該待在A班的人。正因為這樣，我在希望進入學生會時，就把自己可能變B班的原因全都說了出來。毫無隱瞞地。」

「說出來……？」

「嗯。我證明自己實力上絕對不輸給A班。那也連結著現在的我。」

「說出那些原因……那南雲學長的原因是什麼呢？」

南雲在心裡對那句話暗自竊笑。

「抱歉，我不打算回答。現在被要求回答的人是妳，一之瀨。」

「我嗎……」

「我不懂耶。一般來想，妳被分到A班才妥當。妳成績優秀，溝通能力也無可挑剔，還有當過學生會長的實際功績。結果卻是B班？這應該有什麼理由。」

一之瀨對於南雲銳利的指摘藏不住動搖。不過，這是南雲事先從一之瀨的班導——星之宮那裡得到的情報為基礎所推出的結果。

「妳現在就在這邊說出自己聯想到了什麼吧。如果妳可以讓我認同妳是適合A班的學生，我就會扛起責任讓妳加入學生會。」

「那種事情……是有可能的嗎？」

「堀北學生會長的權力確實是絕對的。不過，堀北學生長畢業後，學生會又會變得怎麼樣呢？假如一年級不加入學生會，就會無法培育未來的學生會幹部。傷腦筋的就會是我這個下屆學生會長。沒錯吧？」

「……是呀……」

「無法把握這次機會的人，是沒有資格加入學生會的。」

一之瀨心裡有個煩惱的祕密。

她想起國三有一半時光都在房間裡度過的回憶。

「在這邊說的事情——」

「我當然不會告訴別人。妳的祕密就只會在我們兩人之間。」

那是她不打算告訴任何人，想要獨自背負著活下去的過往。

可是，她必須向前邁進。

就是因為失去他人的信任，她才必須信任別人。

「……我……我——」

一之瀨決定說出一切。

說出自己的「錯誤」。

學生會長的意向

時間是合宿結束重回高度育成高中的二月上旬。

一年A班的坂柳有栖，正在學生會辦公室裡。

她把自己愛用的帽子擺在桌上，面對著二年A班任職學生會長的南雲雅。

「學生會辦公室變得真浮誇呀，我都要認不出來了。」

之前學生會辦公室的風格說好聽是公正、真誠，說難聽就是死板。但現在連壁紙都翻新，還大量擺入感覺是南雲個人小物的東西。這一間辦公室與其說是為了學生會而存在，倒不如說是為了南雲而存在。布置有了這般大幅的改變。

這地方是為了象徵自己的權力有多高——坂柳心裡有這種印象。

「妳不會是被堀北學長邀到學生會了吧？」

對於坂柳這名感覺跟學生會無緣的學生來訪，南雲這麼問道。

「很遺憾，我好像沒被相中，我並沒有受到邀約喲。」

「他還真沒眼光耶。」

「那麼，意思就是說你不一樣嗎，新任學生會長？」

南雲淺淺一笑。

「我當然歡迎妳。不過，我只會把妳當作我的個人物品呢。」

南雲這麼回答後，就摸了摸放在手邊的兔子娃娃的頭。這是南雲的興趣嗎？還是說，這是黏在南雲周圍的女人的興趣呢？

當作個人物品——也就代表他不會賞識她的能力。只會有外表上的評價。

原本就算隨便聽聽也沒關係，坂柳卻決定故意咬上那些發言。

「請問我要怎麼做才可以得到你的保證呢？」

「對我展現相應的實力——就只有這樣了吧。先加入學生會再說也不遲喲。妳就來我這邊吧，坂柳。」

「原來如此。」

坂柳露出微笑，但馬上就接著說下去：

「先不用了吧。一個組織有兩名主導的話，我覺得應該會讓人很傷腦筋。最重要的是，我不忍心擊潰高年級的人。」

「兩名主導嗎？」

儘管自己是一年級生，坂柳回答得簡直像是自己和南雲地位對等，或是高於他。

南雲聽見那種話不僅沒發脾氣，表情甚至比剛才更放鬆地笑了出來。

「妳也好，龍園也好，看來今年很多有意思的一年級學生耶。」

這間學校沒有學生想與學生會為敵。大家為了升上A班，都會想要親近學生會，或是不要被盯上。然而在場的坂柳以及龍園，他們對任何人都顯露著敵意，而且毫無保留。

「這算不上是明智的生存方式呢。」

也是有學生會對於這種全方位散發的敵意予以好評吧，不過南雲不一樣。

他對於有時連尊嚴都捨棄，且打算利用權力往上爬的人才有著高度的評價。

這時，南雲放在桌上的手機震了一下。後來也以很短的間隔接連震了兩三下。

「沒關係嗎？」

「現在這段時間是為妳而準備。別放在心上。」

「這真是人氣王辛苦的地方呢。你是不是總會接連收到聯絡呢？」

「如果妳了解那點，就讓我進入正題吧。假如妳不是希望分配到學生會，那妳不惜支開別人也要找我，是有什麼事情呢？很抱歉，之後也有其他『一年級生』會來訪。因為對方先約好了，所以我沒辦法騰出那麼多時間喔。」

「這樣呀，那我就長話短說吧。」

南雲故意告訴坂柳「一年級生」的事，也不見坂柳的表情有所變化。

南雲判斷那反而是代表她很感興趣。

「我這次會過來，是有一項請求。是跟一年B班擔任學生會幹部的一之瀨同學有關。我接下來會對她發動攻擊。到時，說不定會發生一些粗暴的事情。」

「那件事情我之前也聽說過。然後呢？」

南雲催她說下去。以前南雲和坂柳兩人見面時，坂柳就跟他說過了目前為止的事情。知道那些事實的人當然非常有限。

「她確實是一年級的唯一一名學生會幹部。換句話說，她會成為未來學生會長的候選人。」

「只要學生會幹部就這樣沒有一年級的人出來任職，新生裡也沒出現優秀人物，那她就確定會當選了吧。」

「嗯，是呀。」

換句話說，一之瀨的損失同時也是學生會跟南雲的損失。

「兼做上次的『謝禮』，我才會像這樣來事先告訴你。最壞的情況是一之瀨帆波同學可能會退學，這點還請你見諒。」

坂柳不害怕南雲，並這麼宣言。

「我不記得自己有允許妳做到『那種地步』喔，坂柳。」

南雲的臉上在此初次消去了笑容。

「嗯。你是有說過先做到欺負一之瀨同學的程度呢。不過，我想請你允許我稍微粗暴點。」

「帆波是我預定要拿來疼愛的個人物品。我只給了妳削弱她力量的權力。」

「我非常了解。不過，總是有可能會發生無法預期的事情。」

南雲帶著有點銳利的眼神盯著坂柳。

因人而異，說不定也會有人以「瞪人」來表達這動作。

坂柳若無其事地應付南雲的視線。

「就算她退學了……也沒關係吧？」

南雲慢慢移動放在扶手上的手肘。

「妳這女人還真大膽。妳面對我也不害怕嗎？」

「我生性如此。」

「就讓我問一件事吧。如果是妳的話，應該也可以不取得我的准許就執行。不過，妳卻像這樣有規矩地來獲得我的准許。這是因為妳不想與我為敵嗎？」

南雲沒被她說要答謝之類的話給欺騙，而是這樣質問坂柳。

「你要怎麼理解都無所謂。」

「別隱瞞了。我想問出妳真正的想法。」

「不用講客套話了。」南雲刺探她的真心話。

「這所學校裡的學生會好像比我最初所想的還握有更多權力。，要是學生會……不，要是你親自出馬保護一之瀨的話，就我來說也很麻煩呢。」

對坂柳來說，她也會想要迴避一之瀨有南雲當靠山。

她這樣回答。南雲對這種回答滿足地露出潔白的牙齒。

雖然表達方式很拐彎抹角，但這就表示她不想與南雲為敵。

「我給妳的情報好像很有用呢。」

「嗯。託你的福，我才有機會戳中一之瀨同學的弱點。接下來我會更有效地活用那些情報。」

「好呀，坂柳，妳接下來要做的一切動作——就學生會這方的立場來講，學生會都會默許。」

「我可以相信你作為學生會那方，你『也』會默許吧？」

南雲在承諾上留下了一點餘地。坂柳不可能不看穿。

「……呵。嗯，作為學生會這方，我『也』不會食言。妳是打算做什麼呀？」

「這就請你拭目以待……先這樣吧。」

在這裡說出那些戰略不會有好處。

坂柳如此判斷。眼前的南雲是個完全不能信任的男人。

他輕易就打算捨棄可能會成為學生會心腹的人物。

「對了，畢竟可以像這樣兩人獨處說話的機會不多，我有事想先問你。」

「什麼事？」

「雖然我覺得可能性很低，但是如果情況惡化，無法斷定不會有學生使出強硬的手段……也就是依靠暴力來發揮功效。關於那點，學生會長你怎麼想？」

對於葛城或一之瀨，或是堀北那種才智類型，坂柳自負不會輸給他們。可是只有暴力行為另當別論，無力的坂柳毫無勝算。

「妳很不擅長對付那種在最後關頭靠力量來制服自己的人嗎？」

「我很不擅長呢。」

對身體背著不利條件的坂柳來說更是如此。

「很不巧，我也不討厭訴諸暴力。說起來學生本來就會打架。我不打算像堀北學長那樣嚴格監督，如果是一定程度……因小糾紛而打架的程度的話，我會打算一笑置之呢。」

這些宣言對於不擅長暴力的坂柳來說可能會變成負面影響，但坂柳擔心的是其他地方。

「原來如此……那麼一年D班與C班以前曾經成為問題的打架騷動。如果是你的話，你就會做出和前學生會長不一樣的判決嗎？」

那是須藤和石崎他們在誰打人與被打、有無監視器之類的事情上爭論的事件。

就算沒有直接干涉，對堀北學很執著的南雲也不可能會不知道。

「我想想……捲入學校的那起事件，我實在是無法無罪釋放，但我也不會做出那種暗示要把人退學的舉止。頂多只會停留在停學處分吧。當然，我也不會要求班級點數或個人點數的罰則。」

「這只是學生會這方的意見。」南雲這麼補充。

不管學生會再怎麼允許，只要校方說ＮＯ就會是ＮＯ。坂柳應該也十分了解這點。就算擁有遠大於普通學生會的權力，但他畢竟也是個學生。那部分不能夠忘記。

「原來如此。我充分理解你是個非常寬容的人了。」

恐嚇或暴力的戰鬥也會變得很有現實感——這種事情今後也必須先計算在內。

「如果妳對那點感到不安，我也可以替妳準備二年級的幫手喔。」

二年級靠力量讓一年級屈服。學生會長做出了肯定那種行為般的提議。

「這提議很令人感激，不過我不需要。我的做法就是只靠手上的棋子戰鬥。」

坂柳想知道的是「是否不管做到什麼地步都無所謂」這點。

光是知道被動手時有權利反擊就夠了。

「妳滿意了嗎？」

「嗯，非常。」

對於和南雲的對話心滿意足的坂柳，抓住了拐杖慢慢站起。

「啊，話說回來──」

「妳還有話要對我說啊？」

坂柳這麼說著，毫不在意南雲說過不能空出太久的時間。

「雖然這完全是閒聊，但我聽說了一件很有意思的事。好像有學生打算向快畢業的三年級買下個人點數。他的戰略是以畢業後的現金購買規定畢業前要被校方收回的點數。如果屬實的話，那好像就可以說是……要在A班畢業的強力必勝方式呢。」

那是上次合宿從高圓寺和南雲的對話中冒出的內容。雖然是只有男生才會聽見的消息，但就算某個男生告訴了坂柳也不足為奇。倒不如說，這件事也可以說理應要告訴坂柳。

「我已經事先把那種方式變得無法再使用了。而且，那並不是只有高圓寺一人才想得到的新奇戰略。因為之前就有不少學生想讓快畢業的三年級生轉讓剩下的個人點數。」

「從過去到現在都會反覆發生。」南雲嗤之以鼻。

「就是這樣校方才會在三年級時公布『學校會在畢業時買下個人點數』的限定規定。這就是慣例。」

「這樣呀。在我們所知的規則上，個人點數確實會在畢業時被沒收，所以畢業時就會變得毫無價值。既然這樣，就算有三年級生打算把個人點數交給要好的學弟妹也不足為奇呢。」

積沙成塔。光是從好幾個人那邊收下個人點數，就會有一筆可觀的額度被集中在特定學生身上。就算南雲發現高圓寺在很早的階段就有了動作也不奇怪。

「那些資訊原本只會公布給三年級生。關於二年級的學生會長知道那些消息，這裡我就先無視吧……你在一年級面前大肆公開，就是為了變更剛才你所說的限定規則嗎？」

「因為好像只有高圓寺可以拿出高於校方提出的金額。那招很犯規。」

藉由在所有年級的男生集合的時間點公布，讓校方理解這是規則上的漏洞、問題點。近期學校很可能就會對三年級增設會讓人猶豫是否該轉讓個人點數的追加規則吧。

通常，就算出生於再怎麼富裕的家庭，畢業後也無法保證會付錢。不過，高圓寺的狀況算是極為特殊的案例。

高圓寺財團的官方網站上清楚記載著高圓寺六助在高一就累積了龐大的個人資產。就算有毀約的可能性，應該也會讓人覺得非常值得賭一把。

「不過，與生俱來的財力也是一種實力。那戰略是可以被允許執行的吧？」

「既然這樣，先阻止他也是一種實力吧？」

「呵呵。確實是這樣呢。」

坂柳覺得有趣似的笑出來，並且輕輕敲響了一下拐杖。

「我原本就對於存下兩千萬點移動到Ａ班的校規評價很差。可以的話，甚至還想重新修正制度本身呢。不過，假設今後那項制度沒了，也不會適用於你們一年級吧。」

作為校方的措施，學校已經向坂柳等一年級生明確傳達了那條規則。如果考慮到可能會有學生把戰略重點放在存下兩千萬點，就不能撤回那條規定。

「不過，至今沒有任何一名學生獨力存下兩千萬點過。如果那只是裝飾用的規則，應該也就不必放在心上了吧。」

「那也只是無法獨力存到而已。」

「能以班級單位存到也沒什麼意義。雖然也有學生會擔心別班使出把同學送到對手班級執行間諜行動的戰略，但那樣並不實際呢。就算後段班把學生送進A班，可是既然都已經被分到占優勢的A班了，那還會輕易背叛A班嗎？」

「是啊，特地打下厲害的班級也沒好處。不過，也無法一口咬定為了伙伴行動、正義感強烈的學生就不存在。」

「是呀。不過，前段班當然也不會把情報交給突然跑來的學生吧。再說，我們在學校的考試上，自己造成的扣分多半都會直接回饋到自己身上。如果蓄意妨礙自己的班級，大概就會遭到退學吧。」

南雲知道坂柳完美地理解著制度，於是滿意地點了點頭。

「我只給妳一個忠告。我不討厭妳好戰的性格，但從現階段就到處樹敵的話，妳會很辛苦喔。先建立起周圍的信任應該比較好吧？現在還不遲，去建立信任關係吧。」

「你是叫我把那份信任當作武器奪下勝利？」

「那就是最有效率的戰略。」

以為絕對不會背叛的對象所做出的背叛。

要讓對方承受致命傷害的話，那應該會是很充足的一擊。

「可是，如果你叫我建立信任的話，我也覺得你自己就有點太早丟掉一路珍惜的這張信任牌。就如你說的那樣，在最後關頭使用不是才遠比現在更有效果嗎？」

在合宿上對前學生會長的宣戰公告，以及對那份信賴的背叛。

「丟掉信任？」

面對坂柳那席話，南雲忍著笑意這麼說：

「我確實完全失去了堀北學長或三年A班學生們的信任，不過二年級或其他三年級對我的評價卻毫無改變。一年級也馬上就會知道了。」

坂柳有一瞬間認為這是南雲在逞強或者自以為是，但她馬上就改變了想法。

就連打破和堀北學之間的規則都是打從一開始就有的計畫。

她心想那或許是已經在二年級統一過後的意思。

「我就在這裡做修正吧，坂柳。我認可妳的實力。我允許妳今後隨時加入學生會。」

「謝謝。不論如何，今天過來真是太好了。我了解到南雲學生會長的為人。至少比起堀北前學生會長，我們好像更合得來。我真是放心了。」

坂柳有禮地低下頭，離開學生會辦公室。

這時，南雲馬上就追上坂柳。

「妳的帽子留在我這邊了。」

「哎呀呀，謝謝你。」

坂柳收下帽子，再次低下了頭。

「那麼我就告辭了。」

「坂柳，關於綾小路，妳有什麼了解嗎？」

南雲做出讓人意外的提問。

「綾小路……？總覺得聽過這名字。他是一年級學生，對吧？」

「這樣啊，不，沒什麼。」

南雲認為如果她不知道就沒必要說出來，於是馬上打算結束話題。

「需要的話，我可以去調查。」

坂柳刻意往前踏出一步，並且提出協助。

「不，我多嘴了。妳就忘了吧。」

「這樣呀。那麼就再見了。」

坂柳邁步而出，接著碰到一名女學生。

那是就連交友圈不廣的坂柳都很熟識的一年C班櫛田桔梗。

「早安，坂柳同學。」

「真巧呀，難道妳是有事要去學生會辦公室嗎？」

「嗯。我在考慮要不要參選學生會，難道妳也是嗎？」

「差不多。那麼，我就告辭了。」

「回頭見～」

坂柳對於櫛田在這個時間點希望加入學生會有點疑惑。通常，如果是她那種資優生，就算會熱切希望加入學生會也不會不可思議。不過，她想不通怎麼會是這個時間點。南雲在特別考試的行動，就連女生這邊都是人盡皆知。跟學生會長熟識的高年級生就還另當別論，如果是一年級生的話，就算對南雲的行動抱著不信任感也不奇怪。

假如她知道綾小路清隆背後的真正面貌，且雙方有合作關係的話，這樣也會出現櫛田是為了刺探南雲而被送來的可能。

不過，考慮到綾小路的性格，他不會想在這階段貿然地跟南雲扯上關係。

櫛田桔梗——坂柳從沒聽過櫛田的負面謠言。她完全就是個好人。

「呵呵。雖然越是那樣的人，其實越會是個壞人。」

至少坂柳不相信什麼完全的善良。

逐漸改變的關係

C班的早晨在一片異樣的光景之下拉開序幕。

女生好像以輕井澤惠為中心圍成了一個圈。形成那一圈的女生們發出了聽似心裡動搖的吵鬧聲。

「你今天還真晚來上學呢，綾小路同學。」

也因為現在距離上課鐘不到五分鐘了，所以隔壁鄰居堀北鈴音就這樣吐嘈我。

「我睡過頭了。」

「哦——」

堀北不感興趣地回答。

惠那群人和我們這邊不帶感情的對話不一樣，她們聊得越來越熱烈。

「聽說輕井澤同學和平田同學分手了。」

「所以妳才會格外坐立難安嗎？原來是模範情侶的破局啊。」

「她們貼心地講到整個班上都聽得見，我就算不願意，對話內容也會進入腦中。」

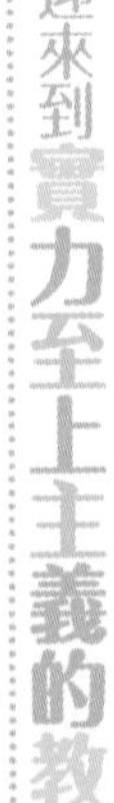

堀北厭煩地嘆氣，然後繼續說了下去：

「畢竟你和平田同學及輕井澤同學好像很要好，你應該知情吧？」

「我怎麼可能知道啊。那種私人的問題。」

雖然她在合宿階段好像還沒跟平田提起，不過現在似乎已經付諸實行了。

正因為是年級裡特別受矚目的情侶，所以餘波相當驚人。

旁人聽見這件事實，一定都會很驚訝吧。

不過，這下子惠跟平田的關係表面上就會消失。

然而，這樣惠也不會失去在女生團體中擁有的向心力吧。

要說有唯一的例外，就是當這個班上真正可以擄獲平田的伴侶誕生之時的情況。但即使是那種情形，我也看不見惠被擠下去的景象。

因為假如那個女生打算做出瞧不起惠的舉止，平田會比任何人都率先阻止。

否則，平田不惜扮演假情侶也要拯救惠就會沒有意義。

「所以，是誰甩人的？」

我試著這樣問堀北。

這部分連我都不知道，所以堀北也沒辦法懷疑。

「好像是輕井澤同學呢。」

「真意外耶，感覺她好像會把跟優質男人交往當作社會地位。」

「是呀，至少我原本以為是那樣……」

她有一瞬間懷疑地看著我，但馬上就自己撇開了。

從我的表情根本不可能得到資訊。

這是堀北也開始明白這點的證據。

不過，是惠甩掉平田啊……

假情侶原本就是惠提議的。本來就沒有哪方甩不甩人。

不過，這恐怕是因為平田有來商量，對惠來說那麼做會比較好吧。

假如是平田甩掉惠，就會被看成是惠有問題，惠的立場也可能會變得很危險。總之，那兩人的分手對C班來說很衝擊的這件事，就算從目前周圍的樣子來看也很清楚。

不過，我之所以覺得女生厲害，就是因為她們會光明正大地談論那種戀愛話題。

「咦、咦？妳沒交到新男朋友，結果卻分手了嗎！」

教室響遍了篠原這毫無保留的發言。

儘管池或須藤他們正在閒聊，也很明顯正在側耳傾聽著那些對話。

「因為我呀，認為必須提昇自我呢。要依賴洋介同學是很簡單，但我現在變得想要自己思考很多事情。」

模範情侶的破局當然會給C班帶來影響，而且也會對其他班級造成影響吧。毫無疑問將會展開圍繞在平田身上的女生爭奪戰。

「虧她們還有心情想談戀愛。想到這所學校的規則，她們明明就可能了解這種狀況下根本不保證還有明天。」

「或許就是不保證還有明天，她們才會全力享受當下吧。」

「如果那樣不會奪走別人的明天，我是沒有理由否定……」

另一方面，說到話題人物之一的平田洋介，他則是掛著平時的溫柔表情坐在椅子上被班上男女圍繞。

雖說是被女朋友甩掉，但平田完全沒給人悲慘的印象。

池或須藤看起來沒有要去嘲弄他就是個出色的證據。

不對，或者……應該是說他們已經不會去做那種事情了嗎？

雖然多少有做出在意話題內容的舉止，但也沒看見他們偷偷講壞話的模樣。倒不如說，甚至我和堀北這邊才是正在進行很不識趣的對話。

至今為止的特別考試以及上次的合宿。

那些經歷開始一點一點地為不成熟的人們帶來變化。

不過，當然不是所有人都同樣有所成長。

「嗨，平田～聽說你被輕井澤甩啦～別在意別在意！」

我本以為他們變得會看場面氣氛了，可是只有山內不一樣。

他傻笑且愉快地靠來拍了拍平田的肩膀。

池和須藤看見那景象都有點不愉快地靠過去，接著各自架住了山內兩邊的胳肢窩。

「喂，幹嘛啦。你們也一起來安慰平田吧。帥哥也是會被人甩的！」

「你的興趣真低級。別這樣。」

「啥？帥哥被甩的情況可是很少見的耶！」

就算須藤責備山內，山內也沒聽進去，而且還反駁他們。

「抱歉啊，平田。我這就把他帶走。」

「沒關係喔，畢竟這是事實。」

就算表示不愉快也不奇怪，但平田卻沒表現得很在意。

「話說回來……一之瀨的事情，你知道些什麼嗎？」

隔壁的堀北冷不防拋來的話題內容和B班有關。

「我最近會聽見那種針對她的誹謗中傷謠言。」

「這不就是那種嫉妒人氣王的謊言嗎？或是某個人想攻下B班的戰略之類的。誹謗中傷的內容是什麼？」

「……也有些內容，會讓我有點抗拒說出口。」

她這樣說完，就沒有繼續具體說出內容，然後從桌裡拿出筆記本寫上幾個字給我看。

像是「擁有引起暴力事件的過去」、「曾經援交」、「曾經竊盜、行搶」、「有使用毒品的經驗」之類的。

上面列著就算是一般的不良少年大概也沒全部體驗過的事情。

「居然散布這麼過分的謠言啊。」

「雖然她看起來實在不像那種學生……」

「畢竟光是造謠散布沒辦法問罪呢。」

「沒那回事。損壞名譽不問真的假的都適用於公然……而且對不特定的多數人揭露的情形。她是可以提告的喲。」

「如果在社會上的話，毫無疑問就會這樣成立了吧。」

可是這裡是高中。這是發生在未成年學生們之間、封閉空間下的事情。

而且那也不是寫在會發送到全世界的網路上。

「意思就是說，這再怎麼樣都無法問罪呢。」

就算社會上的罰則無法，也是有可能以學校的裁決予以罰則。不過，要鎖定流出謠言的罪魁禍首應該就很困難了。擴大謠言的不是自己，而是從別人那裡這樣說、總覺得是在日常對話中聽見的——要是被這麼說就到此為止了。校方也不能深究，最後事情大概會變得不明不白吧。頂多只能提醒別再貿然散布謠言。

不論如何，就只有為了擊敗一之瀨的作戰被扎實執行這點是確定的。暗中操盤的八成就是坂柳。但知道那些事實的人還不多。

「一之瀨對這些事有什麼表示嗎？」

「我沒有了解到那邊。畢竟我跟她沒有很親近。再說要是涉入時不夠謹慎，說不定也會被懷疑是我們設計的。」

「不過先旁觀才最明智也是事實呢。」

「可是……這種老套的戰略對一之瀨同學管用嗎？」

「怎麼說？」

「就算造再多負面謠言，能造成的傷害根本就不用說。連我都知道一之瀨同學在校內的評價。如果是單憑你剛才所說的嫉妒造謠，這種騷擾也太可悲了。」

「既然這樣，就代表這是戰略上的失誤。」

「是呀，但也有無風不起浪這種說法呢。」

「妳意思是一之瀨會是暴力慣犯或有在嗑藥之類的嗎？」

「即使不是全部，如果是某一項的話，也有可能吧？」

「雖然可能性當然極低……」她又這樣補充。

確實就像堀北說的那樣，沒有證據證明一切都是謊言或謠言。

從坂柳做出暗示某些事的發言來看，那些謠言或許也有包含一些事實。

「不過……這也不是思考就會得出答案的呢。比起那些事，我以合宿結果為基礎試著重新寫出了各班現狀變得如何。你可以幫我看看嗎？」

「咦，我沒興──」

「我知道你沒興趣。好啦，你就先記在腦子裡吧。」

「……就這麼辦吧。」

她強硬地翻開她放在我桌上的筆記本。

1

在早上平田跟惠的破局騷動尚未平息的狀況下，C班又因為男女間的情愛發生了事件。

「打擾了。」

在我們迎接放學，班上開始出現學生各自去社團或返家時，班上出現一名讓人意外至極的人物。

「請問山內春樹同學在嗎？」

留在教室中的學生們都很驚訝，不過還是同時朝著山內的方向看過去。

山內接下來大概是打算跟池回宿舍打遊戲吧，他正翻看著某款遊戲的攻略本。

「咦，我就是……有什麼事嗎？」

山內看見可愛女生都會興致高昂，但這次好像還是嚇了一大跳。

因為一年A班的領袖坂柳現身，而且指明要找山內。

「可以稍微借個時間嗎？」

「我、我當然是有空啦……」

「……在這裡也有點怪怪的，我在樓梯旁的走廊下等你喲。」

坂柳好像很在意其他學生的目光，她微微低著頭往走廊消失身影。

C班一度被寂靜籠罩。

「不不不不！這不可能吧！」

打破沉默的，是在被指名的山內身旁的池。

假如須藤也在這裡的話就更會是一場大騷動，但他已經去了籃球社的練習。

對於這大膽的登場與邀約，包含山內本人在內，其他學生也摸不著頭緒。

不過，山內有時候好像是順著本能在行動。他馬上就拿起了書包。

「抱歉啊！我突然有事了！」

「喔，好……」

「慢著，山內同學。」

「幹、幹嘛啊，堀北。」

山內渾身充滿一股眼看就要從教室飛奔而出的氣勢。

堀北像是要讓他踢鐵板似的站著堵住了門口。

「她難道不是打算做出什麼事陷害C班嗎？」

「啥？妳怎麼會想成那樣啊？」

「我就是在說你被約的這種情況很異常。」

堀北從頭到尾都一臉認真，但她說的話是直截了當的直球、過於銳利的言詞手術刀。

這種情形，一般人幾乎一定會發現到自己被瞧不起。

然而，由於那個人是山內，因此他反倒很樂觀。

「在街角跟咬著麵包的轉學生相撞然後陷入戀情……妳知道這種經典劇情嗎？」

「咦？麵包……街角？」

無法理解他在說什麼的堀北皺了眉頭。

如果只聽見山內這番話，確實會完全不懂他在說什麼吧。

不過，對於看見山內在合宿時撞上坂柳並讓她跌倒的我來說，我可以推測他大概是在說當時的事情。

「小坂柳正在等我，我走嘍。」

山內邁步而出，他不可能聽進堀北的阻止。

「萬一這是陷阱，你打算怎麼辦？」

「什麼怎麼辦，這不是陷阱啦。」

山內完全不想相信。

「我的確是這個班級的致命武器。不過，就是因為這樣才沒關係啦。萬一是陷阱的話，我會先妥善處理。」

他會先如何妥善處理什麼事情，要是有具體對策的話，我倒想聽一聽。

感覺他十之八九什麼都沒在想。

「……我知道了。你要去的話，我也沒權力阻止。可是，提及班級內情的那種冒失發言，唯有這件事還請你不要做。」

「別擔心啦。我很清楚。」

山內說完就賊賊一笑，離開了教室。

包含池在內，部分學生都急忙跟上山內似的離開。

「我們也過去看看吧。」

這麼前來搭話的是波瑠加。她好像也叫上了啟誠和愛里，他們兩個也跟她待在一起。這也不是需要特地拒絕的事情，所以我就輕輕點頭並離開了座位。

我來到走廊，馬上就看見池他們幾個男生。

「啊，停、停。這邊這邊！」

在我們打算直接通過時，博士發現並叫住了我們。

「他們兩個現在在那邊說話。」

「……咦，他那種講話方式是怎麼回事？」

波瑠加察覺博士不是那種「是也」的說話語氣，這麼嘟噥了一句。

「好像是在合宿上被矯正了呢。」

我對博士的語氣變得認真的這件事做了補充說明。

「該怎麼說呢？感覺好像失去了個性。不過，我也沒興趣啦。」

波瑠加好像馬上就對博士失去了興趣，我們把注意力集中在山內和坂柳身上。

「呃，所以，妳要說什麼……」

山內一臉緊張地搭話。

另一方面，坂柳也有點害羞地用左手稍微撩起頭髮。

從心理觀點上解讀這些行為的話，這是想讓自己在喜歡的異性面前看起來更漂亮的無意識表現。

「難不成坂柳真的喜歡春樹嗎？」

池看見他們兩人的模樣，不甘心地碎念。他恐怕是從坂柳的表情或一舉一動無意識地這麼理解了吧。

然而，既然對方是坂柳，就應該要把這些舉動當成在刻意營造出那種氣氛。

相較於我這般冷靜的分析——

「不對不對，這太蠢了，超做作的！她絕對沒有喜歡山內同學。」

波瑠加好像想說這就是女人的直覺，她一邊做出作嘔般的舉止一邊這麼咒罵。

「嗯、嗯，我也這麼覺得。」

看著這種情況的愛里好像也有感受到這點，所以對波瑠加表示贊同。

「該說男人真單純嗎？那樣子也會上當啊？那絕對是在演戲啊。」

「……她真的是在演戲嗎？」

啟誠看得一頭霧水。

不過，若實際上不去理解背後的意義，連我都不會知道……

「她絕對是在演戲。」

波瑠加斷言。

「就像堀北同學說的那樣，說不定她是打算得到C班的情報。」

「但那樣不會顯得太露骨了嗎？應該有更高明的方法吧？偷偷接觸山內才不會被人提防，而且成功機率應該也會比較高。」

「說得也是啦……」

啟誠說的也沒錯。假如她打算陷害山內，接觸方式要多少就有多少。就算特地做出會被整個C班知道的行動也是有百害而無一利。要是因為這樣產生問題，那些問題無庸置疑會被斷定是坂柳牽涉其中。從這個意義上說，就反倒會如啟誠或池所說的那樣，她其實對山內有意思……這才說得通。但坂柳好戰且大膽，這兩種說法都可以解釋。

「其實我之前就很想和山內同學聊一聊。」

「真真真、真的假的？妳確定是真的嗎？」

「我沒有鬧到會在這種事情上說謊喲。」

當我擅自進行著分析時，他們兩人展開了對話。

「在這裡也靜不下來，我們要不要移動呢？」

「是、是啊。嗯，就這麼辦、就這麼辦。」

「那麼，就請你陪我一下。」

兩人並肩邁步而出。

山內配合坂柳緩慢的步伐。

他好像姑且做得到最低限度的關心。

其他學生可能都判斷很難繼續追上去，因此也目送了他們兩人。

2

除去參加社團活動的明人，在綾小路組所有人都集合到咖啡廳之後，波瑠加馬上就開口說：

「你們認為剛才山內同學和坂柳同學那場鬧劇的真相是什麼？」

「斷言是場鬧劇，這樣好嗎？」

啟誠試著重新詢問波瑠加。

「那是——可是呀……對吧，愛里？」

「我……那是，果然，那個，應該就是那樣了吧……」

愛里稍微紅著臉這樣說。

「咦——？可是呀，那不是很像故意的嗎？」

「嗯，舉動看起來是那樣……雖然啟誠同學剛才也說過，但我是在想，難道她真的會不惜拜訪C班也要做出什麼壞事嗎？」

「那是……就是要讓我們反而會那樣想的戰略啦。」

藉由刻意現身，讓我們覺得這樣太漫不經心了，不會是陷阱。

那種事也確實有可能吧。

「小清和小幸怎麼看？你們覺得真有戀愛的可能性嗎？」

波瑠加再次詢問。

「那類話題我不熟，不要一直來問我。」

別再聊戀愛話題了——啟誠拒答。

波瑠加和愛里的視線勢必就會往我這邊看。

「山內跟坂柳至今都沒有交集，這樣太唐突了。直接跟戀愛做連結，不會很隨便嗎？」

「小清的意見還真冷靜——我是很想說戀愛不需要過程啦。如果對象是平田同學的話就另當別論，但如果是山內同學……對吧？」

結果，憑現在可以掌握的資訊也沒辦法繼續聊下去。

過不久，我們聊的就不是山內和坂柳的戀愛話題，轉而聊起了C班裡的狀況。

「啊，說到平田同學呀……他跟輕井澤同學分手了呢。」

「該說那件事我也不意外嗎？我之前就覺得他們有天會分手呢。」

「咦，是、是這樣嗎？」

「如果從男生和女生的領袖級配對去看，這樣或許是很妥當，但他們很不登對吧？該怎麼說呢，平田同學應該會喜歡更乖巧的美女。」

「我覺得輕井澤同學也很可愛啦……你不這麼覺得嗎，清隆同學？」

愛里拋來我實在很難回答的問題。

與其這麼說，倒也可以說成她是想問那件事才發問。

「不知道耶。因為我沒怎麼注意輕井澤呢。」

我不知道愛里會怎麼想，但也只能先這樣回答。

「哎呀～也是吧～不過，先不說輕井澤了，問題是平田同學會變成單身吧。」

波瑠加以巧妙的感覺幫我把話題轉回平田身上。

「在班上好像也有很多女生喜歡平田同學，事情會變得怎麼樣呢——」

「是這樣呀？」

「咦——妳沒發現嗎？比方說，我就覺得小美一定有在喜歡他。」

「啊……經妳這麼一說，她好像確實常常盯著平田同學呢。」

「對吧對吧？」

啟誠好像對戀愛話題很沒轍，他開始拿出筆記本。

「我讀個書。」

「啊，好像快要期末考了……真是讓我想起了令人憂鬱的事。」

「我也必須製作給波瑠加你們練習的各種試題呢。」

「是──」波瑠加在桌上磕頭答謝般地低頭。

關於期末考，茶柱沒做特別的說明。也就代表是一如往常的筆試。要是出現考不及格的學生就會立刻被退學。大概會是那樣吧。

「什麼時候要辦讀書會？」

「我想想……就從十五日舉行的模擬考結束之後開始吧。之後距離期末考是十天左右。我們只要從考出的題目或傾向裡集中重點就夠了。」

「不愧是小幸，真是個完美的計畫。贊成贊成。」

波瑠加好像不想從現在就開始讀書，因此似乎很開心。

「期末考結束後的三月，應該會有這學年最後一場『特別考試』等著我們。」

「這學年最後一場特別考試……這樣啊，一年級就快要結束了呢。」

「雖然發生了種種事情，但過了就會覺得時光飛逝呢──」

愛里和波瑠加各自回顧了這一年。

「要回顧還太早了喔。期末考挫敗就會被退學，特別考試也要視內容而定。」

啟誠道出了現實。這是替波瑠加她們著想吧。

「啊。」

啟誠開始讀書後，波瑠加馬上就發現了什麼。

我也追上她的目光，在那裡看見了一之瀨的身影。她好像跟幾名男女生一起行動，全部都是B班的學生。雖然那應該就像是我們這樣的集團，但在我可見範圍內的學生們表情都有點僵硬。看起來是為了保護被誹謗中傷的一之瀨所做出的照料。

不過，一之瀨應該不期望這種狀況吧。她表現得跟平常一樣，在夥伴之間當然會聊天，到哪裡都會開朗地跟朋友攀談。

要說有令人在意的地方，好像也只有不見神崎人影的這點吧。

他有種身為一之瀨的親信，時常會跟她待在一起的形象。

「現在好像變成大問題了呢。」

波瑠加有點冷眼地旁觀著一之瀨他們那種模樣。

「……妳是指奇怪的謠言，對吧。雖然不知道是誰散布的，但還真過分呢……」

「這也不是特別稀奇的事吧？雖然這次的內容有點超過，可是類似的狀況還滿多的呢。這就是受歡迎的女生會背負的宿命嗎？」

「這樣呀？」

「我都不知道耶。」愛里露出一臉覺得不可思議的表情。

「假如愛里就像一之瀨同學那樣屬於積極進取的類型，我想現在嫉妒之類的應該也會很誇張喲。」

說不定確實就是那樣吧。

話雖如此，但愛里腦中好像完全沒有自己會是積極型女生的想像。

她試著想了想，但好像一點也無法想像。

「唉，不要去在意會是最好的吧？」

「一之瀨應該也很清楚那部分吧。」波瑠加說。

我沒有特別觸及這個話題，而是一直傾聽著波瑠加和愛里的討論。

3

接下來大約兩小時女生們都在閒聊，啟誠則看著筆記本。

我時而加入愛里她們的對話，時而漫無目的地滑著手機。

波瑠加放在桌上的手機震動了起來。

「啊，是小三打來的。」

波瑠加操作畫面，以擴音接起電話。

「社團活動結束了嗎？」

『抱歉，我好像會晚一點到。』

明人的聲音有點緊張，聯絡的重點是會晚到。

「咦，難道是社團活動要留下來練習之類的嗎？」

『不是……事情好像變得有點棘手。』

「棘手的事情是指什麼啊？解釋得淺顯易懂一點嘛。」

『A班和B班起了糾紛。要是最糟的情況是打起來的話，不阻止應該會很不妙吧。』

看來不是明人被捲進去的樣子。

不過，A班和B班嗎？

我的腦中閃過剛才B班主要成員們的長相。

不過，一之瀨會輕率地讓事情發展成打架那種狀況嗎？

「那種事放著不管就行了吧。因為跟我們班上沒關係。」

『明天也可能發生在我們身上啊。』

明人講完就掛斷了電話。明人平常話不多，但像是在合宿時，他也曾經把誰都不想扯上關係的龍園接收到小組裡，意外的是個擁有熱血特質的男人。

「是誰在起糾紛呢……？」

愛里對那點好像很好奇，於是這麼問道。

「明明說到起糾紛，通常一定會是那個班級呢。」

她當然是指現在掉到D班的龍園那班。

「經妳那麼一說，確實是那樣耶。」

兩人都對A班、B班教人意外的對立偏了偏頭。

「欸，愛里、小清，我們要不要去找一下小三？」

「可、可是不會很危險嗎？」

「算是會吧。說不定發生打架還會殃及我們班。」

波瑠加捉弄人似的答道。

愛里有點害怕地縮起身體。

「沒問題，萬一出了事情，小三也會想辦法吧？畢竟他以前好像是個壞蛋。」

「壞、壞蛋？是這樣嗎？」

「雖然我只有聽過他本人說溜嘴啦——」

從他面對龍園也不膽怯，以及對自己的本事有一定的自信看來，說不定也有可能。

「不過，要是愛里有危機的話，小清也會救妳的啦。對吧？」

「……我會妥善處理，但要打架就饒了我吧。」

「啊哈哈哈，唉，沒問題吧。這間學校也不會發生那麼多暴力行為。大概吧。」

正因為有好幾次先例，波瑠加於是在最後含糊帶過。

我也沒理由拒絕一起去找明人，所以決定跟著她們一起去。

4

前往弓道社的沿途上不見明人的身影。

「咦——？小三是去哪裡了呀？」

明人應該毫無疑問是想前往咖啡廳，也就是說他大概是在途中看見那些起糾紛的人，之後轉移了陣地。

我們三人聚在一起尋找明人。

開始搜索幾分鐘過後，我們就從結束社團活動要回家的同學那邊獲得了有力消息。

然後抵達了跟校舍有段距離的體育館旁。

那裡有兩名男學生面對面站著。

兩名大概都是波瑠加她們沒料到的人物吧。

一個是一年A班的橋本。

另一個是一年B班的神崎。

而明人就像在監視兩人似的站在一旁。

「你們真的不是要打架吧？」

「你很煩人耶，三宅。來找碴的本來就不是我，是神崎。」

我跟一副拿對方的糾纏沒轍的橋本對上眼。

「你的夥伴好像到了喔。」

明人和神崎都因為橋本指出這點，幾乎同時往我們這邊看。

「……你們來了喔。」

他好像不希望我們參與。

畢竟女生扯上這類問題也沒有好處。

然而波瑠加插話似的說：

「那是因為小三你參與了奇怪的事情嘛。我們是來幫你的。」

「幫忙……是嗎？」

「早知道剛才就不說了。」明人後悔地一度仰望天空。

「什麼啊，是這兩人在吵架嗎？」

明人轉換想法，覺得既然人都來了也沒辦法。

「是我誤會了。雖然情況好像有點危險。」

「危險的只有神崎。」

橋本的樣子好像確實跟平常沒兩樣。

不過明人對那些話沒有照單全收。

「如果是那樣就好了呢。」

明人沒有要從這地方離開的樣子。

他似乎認為不知何時會演變成騷動。

另一方面，神崎則有點尷尬地意識到我們。

總之，他好像不希望有其他人在場。

可是，他也很清楚這種狀況無法支開旁人。

正因如此，他什麼都沒說。

結果神崎沒對我們說半句話，重新面向橋本。

「延續剛才的話題，橋本。你放學後做了什麼？你不隸屬任何社團，留到這種時間的理由是什麼？」

「沒有社團活動就必須趕快回去嗎？放學後要在哪裡做什麼都是個人自由吧？再說，我覺得在場只有三宅有隸屬社團呢。對吧？」

橋本挑他語病似的，積極地把我們也捲進去。

有別於神崎，我們登場這件事對橋本來說似乎很剛好。

我們綾小路組一度面面相覷。

對我們而言，A班和B班都不能說是夥伴。

話雖如此，但硬要選一邊的話，就必然會是B班了吧。

因為我們有堀北和一之瀨締結的停戰協定。

「哈，你們不願意回答呀？」

面對橋本的詢問，我們沉默以對。他理解狀況似的笑了出來。

「你也不是要跟什麼人碰面，難道不是在隨便找人散播『謠言』嗎？」

神崎的表情跟平常一樣冷靜，卻有股不得了的魄力。

看來神崎似乎是正在針對一之瀨先前那些謠言逼問橋本。

明人擔心會演變成打架，接著就走到這種局面嗎？

就神崎的說法看來，橋本應該也有感受到自己被掌握到一定的行蹤。

他輕輕點了兩三下頭。

「謠言？喔，你是指一之瀨做出各種壞事的那個呀？那些謠言跟我有什麼關係呢？」

「在這裡裝蒜都是浪費時間。我打算在這個地方說個清楚。你們做的事情實在太惡劣了。這跟龍園有什麼兩樣？」

「就算對我那樣說……不管怎樣我都無法回答。」

橋本平時就讓人難以捉摸，就算面對神崎的逼問也依然保持曖昧的態度。

明人判斷不會立刻扭打起來，於是跟他們保持了一段距離。

接著來到我們旁邊。

「欸，我們要怎麼辦？」

波瑠加小聲地問明人。

「什麼怎麼辦，總之就守著他們。如果他們什麼事也沒發生就分開來，這件事情就會結束。」

「可是……我們可以旁聽嗎？」

我也了解愛里會感到有點不安的心情。

C班和他們那些對話毫無關係。

至少神崎不歡迎我們在場，而那種氛圍是會傳達過來的。

「你覺得呢，清隆？」

明人向我尋求了建議。

「可以待到對方叫我們走人為止吧？如果接下來演變成打架時有第三者在場，也比較容易主張正當性吧。對神崎來說應該也會是好處。」

明人好像馬上就接受這點，於是輕輕點頭。

橋本跟神崎深入談起謠言的那件事。

「欸，神崎。一之瀨的那件事情說到底真的只是謠言嗎？」

「什麼意思？」

「無風不起浪。應該很多學生都會那麼想喔。」

「謠言就算無風也能起浪。那只需要人類的惡意就好。」

橋本靠在一旁的牆上。

「原來如此。風跟謠言確實是不一樣的東西。」

世上不是什麼事情都可以套用諺語。

「可是，你可以斷言一之瀨沒有黑暗的過去嗎，神崎？」

「大約一年了，我們在B班一路以來同甘共苦，有些事就是因為這樣才會了解。」

「別這樣呀，神崎。你實在是太做作，我都沒辦法直視了呢。」

橋本說完就往地上看。

「當然，我也直接問過一之瀨了。」

「哦——所以一之瀨說了什麼？」

「她希望我別被謠言之類的擾亂，並且叫我別放在心上。她是這樣回答的。」

「總之，就是既沒否認也沒肯定嗎？」

「沒錯。所以我決定相信她。」

「喂喂喂，你是認真的嗎？到底有多濫好人呀？」

橋本嗤之以鼻，並且立刻說下去：

「人通常都不會想說出自己黑暗的過去。被夥伴問到也不會把真話全盤托出，所以她才沒對同學說出真相。還是說，你因為她現在是好人，就斷言她過去也會是好人嗎？」

橋本試圖讓人動搖。

神崎沒對此表現出動搖。

他露出徹底相信一之瀨的眼神。

「你要說，因為你是一之瀨的左右手，所以她什麼都願意告訴你嗎？到底有多天真啊。」

「簡直就像是盲目的信徒。」橋本藏不住自己的傻眼。

倒不如說，他可能已經得到繼續談下去也沒意義的結論。

「我現在問的不是那種事情。我是要你詳細地告訴我你今天做了些什麼。」

「我就告訴你吧，我的確有跟其他人說出一之瀨的謠言。」

橋本這麼承認。

「欸，神崎。你是個聰明又體貼的男人。不過呀，就是因為這樣，你最好不要太深入這種事情。只會相信的人，對這件事情是無能為力的。」

「總之，你的意思是不打算撤回謠言？」

「你不要誤會喔。謠言沒什麼好撤回的。謠言一來一往，沒人知道出處，它就只是這樣傳了過來。我也不過是聽說那些傳聞，再把它傳去其他地方而已。」

他承認有把謠言說給別人聽，但明確否認自己是散布謠言的罪魁禍首。

但只是那樣的話，神崎是不會作罷的。

因為他大概從一開始就很清楚謠言的出處不是橋本吧。

「我這幾天徹底調查了你們A班。」

「然後呢？」

「謠言的出處全都會抵達一年A班的幾個男女。然後，只要我逼問那幾個人是從哪裡聽見謠

言，他們都一定會說出『不記得』、『是在某處聽說』的這種曖昧回答。就像你剛才回答的那樣。你應該知道這代表著什麼，橋本。」

也就是說，有人對所有學生下達了指示。

「抱歉，神崎，我完全不懂。可以的話就解釋一下吧。」

「意思就是說，陷害一之瀨的謠言出處幾乎毫無疑問就是一年A班。」

「哦──」

「我不打算讓你找藉口。不只是一年級，我在二年級和三年級裡也找到學生說是從你那邊聽來謠言。如果有必要的話，我可以把他們叫出來，讓我們當面確認事實。」

神崎他們好像徹查了那些謠言的出處。

然後很有把握這是在一年A班的主導下進行。

所以現在才會像這樣接觸橋本。

看見神崎沒帶領很多人，而是單獨行動的這點，他應該是在顧慮一之瀨吧。

如果一群人貿然引起大騷動，對謠言沒興趣的學生也會開始關心。

不，這件事也可能是神崎獨自做出的對應。

「原來如此。所以你才會今天也跟蹤了我啊。」

今天「也」跟蹤，代表他不知從何時開始就發現神崎在尾隨自己了吧。

但他沒有把尾隨放在心上。

因為他很清楚不會對自己不利。

他聳聳肩，並嘆了口氣。

「指示散布那些謠言的人是坂柳嗎？」

「不是呀。」

「不然會是誰？能對你們A班下達指示的，剩下的就只有葛城。」

「誰知道呢？我也跟其他學生一樣呀。我們都是在某個地方聽說的喔。就算你說出處是A班，我也完全沒有聯想到什麼人物耶。這可能是假裝隱居的龍園幹出來的好事喔。」

「既然這樣——」神崎稍微改變話題方向。

「你還把那些不知是不是事實的謠言照單全收，並且到處散布嗎？」

「世上就是充滿那種事情吧。不論是謊言還是真相，只要是有趣的謠言，任何人都會想告訴別人。女生在那種經驗上應該比男生還要多吧？」

橋本說完就把目光望向波瑠加跟愛里。

「唉……我的確是很喜歡八卦啦……」

「很哀傷的是，那些內容越俗氣，討論就會越熱烈。想得客觀一點吧，神崎。一之瀨對謠言既不承認也不否認。面對那些謠言，也不打算求助任何人，你不覺得奇怪嗎？如果說這是信口開

河，她就會要求你們幫忙掌握出處了吧？」

「一之瀨非常討厭糾紛。即使是散布自己負面謠言的對象，她也會認為有同情的餘地。」

只要一之瀨不說，神崎也只能相信她。

「真是的，你們這群B班——」

總之，根據橋本至今為止的口吻或態度，我確定了一件事。

那就是針對一之瀨散布的謠言……果然不全然都是「謊言」。

我暫且捨去學生立場，從社會的觀點探究這件事。

一之瀨當然可以控訴散布謠言的人誹謗。因為無論謠言內容是真是假，對方都公然使他人名譽受損，所以這有很充分的正當性。

然而……那也僅限於那些事實不伴隨公共性。

假如這次的事情是坂柳的計畫，那她當然應該有籌劃策略。

一之瀨貫徹沉默，也是那些策略順利奏效的證據。

橋本拍了一下神崎的肩膀，就手插口袋，邁步而出。

「我還沒說完。」

「夠了吧？繼續討論也一樣是平行線。」

橋本對波瑠加和愛里稍微舉起手打聲招呼，就走回校舍。

我在橋本的身上感到一股奇妙的突兀感。

感覺他對我的態度很明顯跟在合宿時不一樣。

這只是直覺。

我無法具體表示哪裡改變、哪裡不同。

「告辭了。」

神崎向我們簡單打聲招呼，就往宿舍方向回去，而非返回校舍。

「總覺得——好像目擊到了很不得了的事件。」

「妳好像很樂在其中嘛？」

波瑠加對明人的吐嘈稍微吐了吐舌頭。

「因為呀，你看，畢竟暴力也有刺激的地方。萬一被襲擊，若是小三你也可以設法做點什麼吧？」

波瑠加說完，就做出高速出拳的動作。

「聽說你曾經是不良少年？」

我順勢吐嘈，明人就深深嘆了口氣。

「別說出來啦，波瑠加。這不是我想傳開來的事。」

「有什麼關係嘛，你現在又不一樣。你當時果然很強嗎？」

「我先說在前頭，我並不是有名的不良少年。我待的國中的不良首領另有其人，而且他也比我強。」

「哦——是間很亂的學校嗎？」

「因為我住的那區本來就是那類型的大人在生養小孩的地方。順帶一提，D班的龍園就讀我隔壁的國中。」

「咦咦！真的假的！」

「嗯。我在校際爭執時，接近過他好幾次。不過，那傢伙應該沒把我這種人放在眼裡。」

因為習慣打架，所以明人才會擅長處理那種狀況吧。

「結束這話題吧。不要傳給我們這團以外的人知道喔。」

「我知道啦。那就回咖啡廳吧，小幸也在等我們。」

「是啊。」

這完全與我們無關。

可以很確定不要深入其中才是最正確的。

不打算改變

我在星期四的傍晚看見在回家路上的一之瀨的背影。

一之瀨多半會被眾多學生圍繞，不論男女都有。但她今天好像難得是獨自一人。不知為何感覺缺少一股正面積極的氛圍。與其說是周圍剛好沒朋友在，倒不如說是她主動疏遠吧。目前她在學年裡也是最受注目的人物。

如果不小心被自己的謠言連累，可能會受到二度傷害。

一之瀨就算會這麼判斷也不奇怪。我想起上次神崎和橋本的對話。

要不要跟她搭個話呢？雖然我這麼想……

但我感覺背後有動靜，於是決定中止行動。

接著拿出手機開啟相機模式。

我把影像從主鏡頭切換到附在螢幕這側的相機。

然後若無其事地觀察背後的情況。是兩名同樣要回一年級宿舍的學生。

其中一人是橋本。

雖然他只是普通地走著路，但加上上次的事情，我很難把這想成是巧合。

他在跟蹤我嗎？

不過，我連確認那點的時間都沒有，另一名學生就往我這邊靠了過來。

那名學生毫不猶豫地接近我。

我立刻關掉相機，把手機收入口袋。

「那、那個，綾小路同學，可以耽誤一下嗎……？」

從我背後來搭話的學生是我班上的同學——王美雨。

因為名字不好念，所以我都叫她「小美」。不過，即使只是在腦中這樣稱呼她，我都會覺得有點難為情。

「接下來……可以借點時間嗎？我想要商量一些事情。」

找我商量？我跟她至今為止幾乎沒有交集。

像這樣當面被她搭話，幾乎可以算是第一次交談。

這裡除了小美之外好像也沒有其他人在……

一之瀨完全沒發現我們，逐漸走遠。

現在快步追上去搭話也很奇怪。

「抱歉，你很忙嗎……」

「沒有，我只是要回家。沒關係。」

我這麼說完，小美就有點開心地鬆了口氣。

橋本在我和小美說話的期間與我擦身而過，回去宿舍。

雖然他沒看過來，也沒來搭話。

「所以──妳要找我商量什麼呢？」

「這裡有點不方便。」

她張望四周，看起來忸忸怩怩的。好像不是可以邊走邊說的內容。

「是嗎？」

我實在也不能跟她說「這邊離宿舍很近，要不要來我房間」。

話雖如此，更不會有那種我去小美房間的選項吧。

「那要怎麼辦？」

我決定不由我來想，而是把地點的決定權交給小美那方。

小美稍做思考，然後這麼提議：

「在咖啡廳之類的地方……可以嗎？雖然這樣會比較晚才回去。」

既然她本人希望在咖啡廳，我也沒什麼理由拒絕。

雖說回家會變晚，但也就是五或十分鐘的差別，不是什麼問題。我決定按照小美的提議轉移

陣地到櫸樹購物中心的咖啡廳。但我們兩個也不熟。與其說是貼著一起走，倒不如說是保持一點距離在移動。

1

不論何時來都深受學生歡迎的咖啡廳，今天依舊生意興隆。

就算是有點欠缺普通高中生常識的我，現在也明白了其中的理由。

這間咖啡廳是世人所說的超大企業開設的分店，在城市裡也非常受女生歡迎。每一杯的價格就高中生來講很昂貴，不是經常可以喝到的東西。如果是沒有在打工的普通高中生，一個月來個幾次就已經是極限了。不過，因為我們會被支付依照班級點數而定的金錢，所以只要狀況不要太拮据，還是有不少學生可以盡情享受咖啡廳。

那麼一來，咖啡廳也勢必會連日熱鬧。

不過，由於不至於找不到座位，所以我們決定面對面坐下。小美盯著她手上點來的那杯飲料，完全沒打算和我對上眼神。她跟愛里的類型很相似吧？如果貿然給她壓力，她恐怕會更加沉默。我沒有主動開口，決定等待小美的反應。

我在那段期間說要去拿砂糖，因此前往櫃檯。

我在那邊拿了一根糖棒。

用眼角餘光確認到橋本來也到了咖啡廳。

他不可能是突然想喝咖啡吧。

他毋庸置疑是在跟蹤我。

是坂柳派來的監視人員嗎？不對，那說不通。坂柳在現況下不喜歡張揚我的存在。就算要監視，把那些職責交給她隨心使喚的神室應該就足夠了。如果坂柳對橋本是怎樣的人有所掌握，她可能就會知道橋本不適合利用在這種狀況。

她大概不會希望不謹慎地把我的情報給橋本，而讓那些情報外洩到第三者的耳裡。

既然這樣，他是憑自己的判斷在跟蹤我嗎？

我不記得合宿中，自己在橋本在場時有做出多餘的事。

我應該只是小組中的一個夥伴。龍園、石崎、阿爾伯特，加上伊吹。可能的人物在我腦中浮現又消失。

唉……現在思考好像也得不出結論。

不過，這可能會變成近期必須設法解決的問題。

暫且無視橋本並與小美對話，才是我現在該做的事情。

接著過了大約一分鐘，小美在我回座位之後馬上就打破了沉默。

「那個呀……那個，是跟平田同學有關的事情。」

跟平田有關嗎？

「我希望你跟我說他的各種事情……」

「我和平田並沒有特別親近喔。」

我打預防針般地立刻這麼回答，小美卻露出很意外的表情。

「可是，平田同學推薦你，說你最值得依靠耶。」

「……這樣嗎？」

「嗯。他說你在班上是最可靠的人，對你讚譽有加呢。」

老實說被平田誇獎很開心，可是這件事像這樣聊開的話，感覺會很麻煩。不過我也不是不能理解平田為什麼要指名我。

雖然有很多學生值得依靠，但大概只有C班的情況很複雜。

假如要限定男生，我繼平田之後被選上也不足為奇。

不過……是關於平田的事情嗎？

對照之前與波瑠加的對話內容，總覺得可以想像到她要說什麼。

「最近，平田同學和輕井澤同學，那個……分手的事情，你知道吧？」

「再怎麼說都會知道呢。」

「這怎麼了嗎？」我這麼說，假裝沒猜到。

「那、那個，呃……」

她猶豫好幾次要不要說，最後才終於說出正題。

「……平、平田同學現在有喜歡的人嗎？」

我被她這樣問道。這種情況回答什麼才是正確答案呢？

我有一瞬間想著那種事情，但立刻就判斷老實回答才是最好的。

「應該沒有吧？」

「真、真的嗎？」

「我當然不能斷言絕對就是這樣，不過就我所知是沒有。說到底他才剛被輕井澤甩，要喜歡上誰還太早了吧。」

「的確有道理。」小美也一邊冷靜下來，一邊這麼說。

「我可以出於好奇問妳一件事嗎？」

「嗯、嗯。」

「妳是從什麼時候，那個，喜歡上平田的啊？」

「咦咦咦咦咦～～～～！」

我問了什麼怪問題嗎？小美滿臉通紅，表現得很慌張。

「你你你、你要問我那種事情呀？」

「不，如果沒辦法回答，就算不勉強回答也——」

「——應該是入學典禮之後吧？」

妳要回答啊？

「因、因為我有點笨手笨腳……」

她說出和平田的邂逅，以及那場邂逅就是她墜入情網的契機。

小美赤裸裸地道出那些經過。

「……大概就是這種感覺吧。」

「這樣啊。」

雖然有各式各樣的情況，但只有一點很肯定。那就是她是被平田的溫柔所吸引。

「可是——」

小美紅著臉講述了和平田的相遇，但好像馬上就被拖回現實似的漸漸憂鬱了起來。

「我……我這種人不可能當上平田同學的女友吧……」

「為什麼？」

她為什麼可以那樣斷言呢？我覺得很不可思議，於是這樣反問。

「誰教競爭對手太多了……再說，我也沒談過戀愛……」

就算喜歡的心情滿溢而出，她好像也沒勇氣付諸實行。

戀愛經驗的有無與不利條件會連結在一起——雖然我不太願意這樣想，但假如有人跟我說完全沒影響，我也沒辦法斷定。

「呃——小美……是說，再怎麼說稱妳為小美好像都不太好。」

「不會，完全沒問題，大家都是這樣叫我。我的父母都是中國人，不過他們很喜歡我在日本的綽號，所以也都叫我小美。」

也就是說她不是混血兒嗎？

「妳來這邊留學嗎？」

「嗯。我上國一時，爸爸因為工作而來到日本。」

所以她就和家人搬來日本了嗎？

「不會不方便嗎？像是語言隔閡之類的。」

「一開始很辛苦呢。但比起語言，我更擔心交不交得到朋友……不過，因為我入學的國中有很多人擅長英文，所以我才能順利跟大家打成一片。」

這麼說來，我記得小美很擅長英文。

她好像一邊用英文溝通，一邊在國中三年完美地精通了日文。聽說中國人都是在遠比日本還要嚴苛的競爭社會中刻苦學習。

小美恐怕也是一路接受那種高水準教育，所以才能順利地融入日本吧。

她接下來只要和愛里一樣提昇溝通能力就好。

「我也有機會嗎……」

「雖然我無法說出不負責任的話，但妳很有機會吧？」

「真的嗎？」

「我沒騙人。不過……」

「不、不過？」

我好像讓她感到不安，但應該也必須先告訴她困難的問題點。

「平田是個很好的人，對吧？」

「嗯！」

「就是因為這樣，或許他在下次交往時會更加謹慎吧？畢竟是他是平田，他可能想到自己沒能讓輕井澤幸福的那份責任。」

「原來如此……」小美點頭。

「是呀，我也認為……自己沒辦法馬上告白。」

「妳可能會很在意情敵，不過就算急著告白，被拒絕的可能性或許也很高。」

我建議她慢慢地、穩穩地準備就好。

是否真是如此，當然得問平田才會知道。

不過，現階段我看不見平田貿然和女生交往的畫面。

他恐怕不會選擇跟來告白的眾多女生交往吧。

在這種前提之下，慢慢進攻才有勝算。

「……我呀，之前或許對你有些誤會呢。」

「誤會？」

「喏，該說你平常話很少嗎？因為很沉默寡言……給人一種很可怕的印象呢。但是該說像這樣面對面聊天就會覺得非常好聊嗎？我會有種『啊，你有認真在聽我說話』的感覺……」

我好像被誇獎了。

不過，與其說我認真傾聽，倒不如說只是無意間分析了對話。我只是在徹底調查那些資訊之後對自己是否有好處以及能否利用。但是，既然聽眾這樣覺得，對我來說也很方便。

我要再深入一點嗎？現在的話，好像有機會問出各式各樣的消息。

「哎呀？是小美跟……這不是綾小路同學嗎？」

在我總算讓她打開話匣子，打算探聽各種事情時，一年D班的椎名日和就出現了。於是我停下問到一半的話。

「小日和，妳好。」

從她們以小日和、小美這種方式稱呼對方來看，她們好像算是很親近。

「難不成，兩位是在約會嗎？」

「不不、不是，不是啦，小日和！」

小美急忙站起，拚盡全力以肢體語言否認。

被她超出必要地否認成那樣，總覺得真是受傷。

「那我可以來打擾嗎？」

「當然呀！……可以嗎？」

「嗯。」

「謝謝。」

日和開心地微笑，並且坐到小美旁邊的椅子上。

「這組合感覺真稀奇，你們在聊什麼話題呢？」

「呃、呃……」

小美好像也不好回答是有關心儀對象。

「我對中國很感興趣，所以問了她一些事情。」

「對中國……是嗎？」

「嗯。那是我其中一個想去的國家，所以我才會問身為中國人的小美。」

「對吧？」我望向小美，她連忙點了兩三下頭。

「中國很不錯呢。我對萬里長城之類的也非常感興趣。」

日和雙手合十露出笑容。

看來這意外地是她會感興趣的話題。

「說到中國，那就是不能不提的經典吧。不過，我個人會想去平遙古城。」

「平遙古城嗎？」

日和好像沒聽過，是第一次聽說。

另一方面，小美則是對我知道那個地方睜大了眼睛。

「雖說是世界遺跡，但你還真了解耶……」

「只是聽到毛皮的知識啦。」

「對了……你們兩個是朋友嗎？」

小美看見我跟日和自然地對話，所以這樣問我。

「是的，我們是閱讀的朋友。」

「嗯，沒有錯呢。」

「閱讀的朋友……？」

「我不是很懂。」小美露出覺得很不可思議的表情。

但想法馬上就變得很正面。

「可以跨越班級交到朋友，還真是不錯呢！」

她這麼說。

她恐怕到合宿為止，除了同班同學之外都沒有其他朋友吧。

「我也這麼覺得。校園生活也不會只有互相敵視。」

高度育成高中基本上要求學生與他人競爭。

很多學生都擁有把同班同學之外的人——換句話說，就是別班的學生當作競爭對手的強烈傾向。

但到了這時候，跨越班級打成一片的學生也漸漸開始增加。

也可以在一定程度上隱約看見校方有著那種目的。

否則就不會設定合宿那種規則。不過，我也無法斷言之後這樣不會造成負面影響。在強制讓我們擁有互相仇視的關係時，半吊子的友情也可能造成反效果。

「今天真是謝謝你，綾小路同學。」

「沒有，該謝的是我。是我單方面在問妳中國的事情。」

「啊，是、是嗎？說得也是呢。」

小美不由自主地道謝，於是難為情地用食指搔搔臉頰。

「我看個信箱再上樓。」

我對搭進電梯的小美跟日和這麼說，就轉身離開。

我一個星期會確認一兩次信箱內容。

當然，其他學生也差不多是這種頻率吧。

雖然會寄到信箱的主要是來自學校的東西，不過也可能因為個人交流而收到包裹，或是透過學校的網購之類的包裹。

不過，我想確認的不是那些一般的東西。

「今天也沒有嗎？」

我自從父親來拜訪這所學校以來，就會定期確認郵件。

因為這時候就算他來做某些接觸也不奇怪。

我沒有什麼特別的發現。回到電梯前面，就看見日和正在等我。

「可以借一步說話嗎？」

「嗯。」

我們離開電梯前方，走去大廳的沙發旁。

「我剛才在小美面前有件事情沒問出口……」

日和稍微留意周圍有沒有人在，接著這麼說：

「一之瀨同學的事情，你有聽說過什麼嗎？」

「妳是指？如果妳是指奇怪的謠言，那我姑且算是知道。」

「就是那件事。你知道是誰散布的嗎？」

「不……我不知道。」

雖然說出坂柳或橋本的名字很容易，但我還是先避免那麼做。

「老實說，我很不想看見一之瀨同學受苦的模樣。即使是我這種朋友不多的學生，她也願意一視同仁地對待我。」

日和之前在合宿好像跟一之瀨同組。她們同桌吃飯、同房就寢，應該會比其他學生更感受到強烈的羈絆。

「綾小路同學。」

日和露出蘊含某些決心的眼神。

「我原本很不喜歡傷害他人的行為。不過，如果是為了保護朋友，我認為有時候還是必須戰鬥。」

「是啊，根本就沒辦法平等地拯救所有人。」

「我跟一之瀨同學互為敵人，但一定還是有辦法可以救她才對，雖然我現在還沒想到辦法……不過可以請你幫忙我嗎？」

「幫忙嗎？那妳可以試著跟堀北之類的人商量。」

我這麼說，打算把堀北介紹給日和。

「堀北同學嗎？」

日和卻愁眉苦臉的。

「說不定C班也會支持一之瀨。」

那麼一來也可能會有三個班級圍攻A班的發展。

但日和沒有表現得很高興。

「如果是你的話就不行嗎？」

「我的存在對C班完全沒有影響力喔。」

「這樣嗎？」

她一臉感到不可思議地偏頭。

「女生是堀北，男生是平田。妳只能找其中一方商量。」

「這樣啊……」

日和有些遺憾地垂下肩膀。

「不滿嗎？」

「不是……只是我幾乎不認識堀北同學和平田同學……我原本以為可以找你幫忙。」

她消沉地垂下肩膀。一看就知道受到了打擊。

「抱歉啊，束手無策的事情就是束手無策。」

「不會……是我自作主張那樣想，並且單方面告訴你而已。」

她說完就對我低下了頭。

「要我姑且先跟他們提一下嗎？」

「是呢……可以麻煩你嗎？」

雖然日和一度那樣說……

「不好意思，還是下次再說吧。要是貿然傳開來，也可能提昇給一之瀨同學添麻煩的可能性。」

「是啊，可能吧。」

依目前的狀態，不知道設計一之瀨的那些人下次會使出什麼伎倆。

貿然刺激將造成反效果，恐怕也會讓一之瀨的謠言更接近真相。

3

我回到房間後就收到了訊息。是堀北傳來的。

『可以聊一下嗎？』

我沒回覆。在我盯著文字看的時候，又有訊息傳了過來。

『你好像已讀了，我就自作主張地繼續說下去吧。今天晚上一之瀨同學會來我房間，你要不要也一起過來？』

訊息是這種出乎意料的內容。

我原本只打算隨意放空盯著訊息，不過最後還是決定回覆。

『怎麼發展成這樣的？』

『我們跟B班同盟。視狀況而定，幫助她也是理所當然。不過，這次的事情太讓人霧裡看花了，所以我打算問問她本人。』

所以，她才會接觸一之瀨並約好直接見面嗎？

這行動還真大膽呀。

要拒絕是很容易。

我只要事後詢問堀北她們做了什麼討論，這點小事她還是願意告訴我吧。

話雖如此，也沒辦法知道一切。

就連在一之瀨身邊的神崎好像都不了解她。

既然如此，跟一之瀨直接見面聊聊好像比較能夠接近真相。

問題是在這邊把半隻腳踏進去的話，我也會變成關係人物。

該怎麼做呢？

我稍做思考後，傳了一句話給堀北。

『幾點？』

『七點喔。』

時間有點偏晚。

應該是顧慮到不要讓其他學生看見吧。

『知道了，我去之前會聯絡妳。』

我決定跟堀北一起見一之瀨。

4

接下來到約定時間為止，我都悠哉地待在房間。

我在晚上七點五分之前的這個時機離開房間。

前往堀北的房間。

結果，一之瀨幾乎同時從隔壁電梯裡現身。

「啊，晚安，綾小路同學。」

我輕輕舉手回應一之瀨。

「打擾了。」

「啊哈哈，我也一樣是要打擾她呢。」

一之瀨說完，就主動按下門鈴，內側的門鎖馬上就打了開來。

「請進。」

約定七點碰面，我們同時過來也不會不可思議，所以堀北沒特別說什麼，就把我們接到房裡。

我隨意坐到地上。

我以前也拜訪過堀北的房間，現在跟當時好像沒什麼變化。這裡跟我的房間差不多，都是缺乏顏色的房間。

「平日晚上把妳叫出來，真抱歉呀，一之瀨同學。」

「這是為了我做出的顧慮吧？妳不需要道歉喲。」

像這樣面對面的話，一之瀨就跟平常一樣。

「那麼……拖得太晚也會影響到明天，我是打算長話短說……總之，應該有各種讓你們不安的謠言傳來傳去，對吧？」

「嗯，散布那些謠言的是誰呢？」

堀北單刀直入地詢問一之瀨。

就我來看，我也很好奇一之瀨會不會老實回答。

「雖然沒有絕對的保證，但應該就是坂柳同學。」

她這樣回答，遠比我所想的還要明確。

如果機率是一半以下的話，一之瀨就不會說出特定人名了吧。因為她不是會毫無意義懷疑他人的那種人。

從那點可以看出來的事實——

也就是至少一之瀨對自己為什麼會被傳謠言心裡有底。

「坂柳同學……妳為什麼覺得她可能性很高呢？」

「簡單來說，就是因為我被下了戰帖吧。如果只是這樣的話，妳會沒辦法接受嗎？」

堀北應該也很了解坂柳的個性很好戰。

她為了排擠葛城，即使是自己的班級也會讓對立加深。從這部分思考，也很容易想像得到她會為了設計B班而瞄準領袖一之瀨。

「不會，那就很足夠了。」

正因為堀北跟我的想法一樣，所以現在沒打算深入追問。

「意思就是說，妳被她傳了毫無根據的謠言並受了損害。」

「嗯——……不知道耶。」

「妳不否認謠言嗎？」

「抱歉呀，堀北同學。關於那部分，我沒辦法回答。堀北同學跟綾小路同學都是我的朋友，但終究還是別班的學生。即使有合作關係，也是注定總有一天要戰鬥吧？」

一之瀨感覺只要問出口什麼都會回答，但她卻拒絕了答覆。

但那應該是理所當然的選項。

「我不打算勉強問出來。可是，沉默很可能會被當作等同承認謠言。」

「聽見謠言後，要怎麼理解都是妳跟大家的自由，但這次的事情，我完全不打算做出過度的反應。這是坂柳同學為了打亂B班的戰略。我認為唯一的攻略辦法就是沉默。」

一之瀨露出笑容，態度跟平時一樣自然。

這種騷擾在任何地方都像家常便飯，是沒有百分之百解決方法的情況。無論要過度反應還是保持沉默，到頭來觀眾還是會隨意地興風作浪，以猜測推動事態發展。所以，一之瀨從一開始就不打算做出反應，而是選擇等待風頭過去。

「我今天會想跟堀北同學見面聊這件事，就是因為不希望妳不謹慎地涉入。我都特地保持沉默了，要是周圍還是在起鬨，就要耗費多餘的時間沉寂下來。重要的是你們沒必要為了救我而讓C班被坂柳同學盯上。我沒事的。」

一之瀨用力點頭，以不變的笑容面對我們。

「……我充分理解到妳的心靈很堅強了。無論真相如何，不管是誰被傳那種下流謠言都會很受傷。然而妳不只考慮自己，還顧慮到周圍的人。」

「我沒那麼高尚啦。」

一之瀨有點難為情地繼續說下去：

「所以堀北同學你們就像平常那樣吧。我的問題，我會自己處理。」

一之瀨說完就立刻站起。

她好像只是為了提醒堀北無須插手才特地前來此處。

「妳知道神崎他們的事嗎？」

我覺得這可能會是多此一舉，但還是決定稍微雞婆一下。

「神崎同學？」

「他上次也去質問了A班的橋本，並且懇求他不要隨處散布謠言。不對，雖然那樣說不定已經超出了懇求的範圍。」

「是嗎……因為神崎同學很溫柔呢。我明明就有告訴他不用做任何事情也沒關係。」

「大概不只是神崎同學，應該有好幾個同學急著設法替妳做點什麼。」

堀北好像是第一次聽說神崎的事，但那些推測應該是正確的吧。

「我會再跟同學說一次。今天的談話可以結束了吧？」

「妳真的沒問題嗎？」

為防萬一，堀北留住一之瀨再次確認。

「當然嘍。」

一之瀨毫不猶豫地回答。

「謝謝妳替我擔心。綾小路同學也是，謝謝你這麼晚過來。」

「不會，我就類似是個附帶的。」

這次堀北沒有留住她。

一之瀨跟我們道完晚安就出了房間。

「她真的沒事嗎？」

「誰知道，不好說。」

就接觸到的情況看來，她跟平常沒有兩樣。

與其說是表現得很堅強，倒不如說是不去想太多。她給人這種感覺。

「你覺得我該怎麼做？」

「妳想要我的意見嗎？」

「嗯，老實說我很想要。」

「那麼，妳什麼也不要做。」

堀北毫不猶豫地說。

「理由是什麼？」

「如果就像一之瀨說的那樣，謠言的出處是坂柳，妳插手就可能會導致C班被盯上。」

「是呀。可是，要是一之瀨同學輸給坂柳同學的話呢？下次矛頭不就會指向我們C班嗎？」

她好像想說我們無論如何都會被盯上吧。那是當然。

「我們班或許遲早會被盯上，可是到時棘手的B班領袖已有人替我們擊垮了。那也算是一件令人感激的事。」

「……你的意思是一之瀨同學怎麼樣都無所謂嗎？還真理性呢。」

「理性？我們的立場本來就是那樣吧？要幫助同班同學就另當別論，可是一之瀨是別班的人。她是總有一天必須打倒的對手。如果坂柳能來打敗她，就算有人歡迎這種事情，妳也不必感傷。」

「我們跟她有合作共鬥的關係。直到坂柳他們A班掉下去，並且把狀況發展到和B班一對一競爭的狀態為止——」

「那是理想論吧？」

在A班剛好掉到C班，而且一之瀨跟我們升上A班B班後，再展開一場廝殺。那全都只是夢話。

若是受到一之瀨拜託的狀況倒可以理解，現在她自己都拒絕了幫助。

如果是早期的堀北，她應該會在更早的階段就接受這點。

她是在哪裡發生了什麼，才會有現在這種想法呢？

不過，雖然這也可以從她把改善跟櫛田的關係當作目標推測出來。

「我們應該放著她不管。」

「這樣啊，也是……」

其實堀北心裡也很清楚應該要那麼做。

正因為如此，她才沒強烈地反駁我。

這次，我們順利地跟一之瀨表示我們作為同盟夥伴有在擔心她、有準備幫助她。這應該就算是不錯了。C班只要低調安靜地迎合別班就好。上面的班級互打期間慢慢逼近，才會是上策。

可是，這邊重要的不是「不能幫她」。

我只是因為被徵詢意見才這樣回答，至於要怎麼做，最後是堀北要決定。

不過，堀北恐怕不會繼續干涉B班了吧。

因為她沒有不惜妨礙一之瀨的作戰也能讓狀況好轉的策略。

「我也要回去了。我一個男生也不能在女生房間待到這麼晚。」

畢竟過晚上八點大概就會變得很棘手。

「是呀……」

沉思著的堀北這麼說，沒有看向我這邊。

堀北開始一點一點地改變。

不過，她目前還處在過度極端的變化之中。那種失去自我、隨著場面氣氛起伏的傾向開始增加。

目前還會持續一段自己跟別人都辛苦的時間吧。

能否找到前方真正的自我。

這才重要。

我離開房間後，在電梯前發現一之瀨的身影。

她好像是在等著我出來。她看著我這邊，笑著舉起一隻手。

「這邊這邊。」

我被她小聲地呼喚，於是就這樣被吸入電梯似的乘入電梯。

一之瀨按下會降到大廳的一樓按鈕。

「能陪我一下嗎？」

「是無所謂啦……可是我們要去哪裡？」

「嗯——就出去一下吧。」

我們下來了大廳。因為剛好沒有人煙，所以我們直接走去外面。

我跟一之瀨在太陽完全西下的一片漆黑裡，一起前往學校路途中的休息處。

「雖然我覺得天氣會很冷……可是我不想引人注目。」

「我知道。妳才是呢，妳沒關係嗎？」

「沒關係。啊——……呃，該怎麼說……真抱歉呀。」

還以為一之瀨要說什麼，結果她劈頭就是道歉。

「為什麼要道歉？」

「可能是因為我正在給堀北同學和你，還有你們C班的同學們添麻煩吧。我因為謠言的關係讓你們操了不必要的心。總之，不要放在心上。」

「聽說妳對神崎他們也是那麼說的。」

「那就是最好的答案。直到謠言消失為止，我都不會改變這種立場。」

她這麼說完，就堅定地看著我。既然她都這麼說了，神崎他們那些支持一之瀨的B班學生也只能服從了吧。

「我只是想說這些而已……很冷呢。我們回去吧。」

「是啊。」

我們只聊了一下。

她催我先回去，於是我先行一步回了宿舍。

5

我周圍的日常生活開始變得不安穩。

我沒有積極地做些什麼，而是度過一段隨波逐流的時光。

雖然有點辛苦，但我想要得到的日常生活或許就是這個樣子。

我有預感自己好像要得出一個答案了。

不過，這種時候卻發生了不解風情的事件。

晚上。我放在枕邊的手機悄悄地震了起來。

時鐘上顯示的時間已經超過半夜一點。

我確認了在這沒常識的時間響起的電話，發現這是一組沒有登錄的號碼。

不過，這應該也不是來自外界的聯絡。

學校配給的手機都預先被設定成除了指定號碼之外皆無法撥出、接聽，而且該設定無法變更。這是為了讓我們無法貿然與外界聯絡。

這不是什麼稀奇的功能，而是利用讓小朋友擁有手機時也會運用到的安全系統。總之，這是在校區生活的某人打來的未登錄電話。

雖然我不確定對方是學生還是老師。

「……喂？」

與其說我是很防備地接起，倒不如說是在很睡眼惺忪的狀態下接起。

我把手機貼在左耳。

對方沒有發出聲音。

沉默持續著。

不過，只有呼吸聲微微地傳到了我耳朵這邊。

我等待對方會有什麼態度。彼此沉默了三十秒左右。

「你要是什麼都不說的話，我就掛掉了喔。」

我也差不多疲於奉陪沉默了，於是就警告了對方。

『綾小路清隆。』

對方叫了我的名字。

這是我完全沒印象的聲音。

但是從聲線的年輕度看來，感覺對方不是大人。

這麼一來，就極有可能是學生了嗎？

「你是？」

我這麼反問。

又是一陣沉默。

接著，電話就掛斷了。

「就算只叫了我的名字……」

這下子就不能斷言這只是打錯電話。

「意思就是他開始行動了嗎……」

對方是什麼人只是微不足道的問題。

那男人的策略，開始對我做出動作。

但奇妙的是，他怎麼會以這種形式讓我了解呢？

如果他計劃要讓我退學，就該採取更近似於突襲的形式。

這就像是特地威脅要擊潰我一樣。

這是因為那男人有某些力不所及的地方嗎……

無論如何，一切都已經開始了。

一之瀨的祕密、神室的祕密

神崎與橋本接觸以來已經是第四天了。今天星期五。

一之瀨的謠言日益擴散，蔓延到說現在全校學生都知情也不為過的狀態。

然而，一之瀨自己好像沒向校方做出任何申報。

她本人好像也沒有強烈地在意這些事，而是理所當然地過日子。

一之瀨被散布騷擾般的惡評，仍毅然決然地這麼對應。對此，有些人開始說出「不愧是一之瀨」的意見。「果然謠言就是謠言」、「那完全是捏造的」、「原來都是謊言」。

謠言只能傳一時。

陷害一之瀨的策略告吹了。

她透過貫徹沉默成功熬了過去。現在每個人都開始這樣想，並把心情切換到期末考上，卯起了幹勁。

但這種時候卻再次發生煽動謠言的事件。

事情發生在星期五的放學後。

回到宿舍的我，看見大廳形成了人海。

這是我之前在回家社返回宿舍的時間點見過的光景。

「真有股似曾相識感呢。」

而且有趣的是，葛城就站在跟當時一樣的位置。跟上次不一樣的，頂多就是這次彌彥站在他身旁吧。好像也沒有其他對象可以搭話，所以我決定接近葛城呼喚他。

「發生了什麼騷動嗎？」

「嗯。我們的信箱似乎被投了信件。就跟之前發生的事件很類似。」

葛城不服氣地雙手抱胸，並感嘆似的低語。

「你那邊應該也被放了吧，綾小路？」

我被彌彥這麼催促，就輕輕點了頭。

「我姑且確認一下。」

我走到自己的信箱前轉動數字鎖，確認裡面。

於是發現裡面被精心放置了跟以前一樣摺成四折的「紙張」。

如果跟以前一樣的話，這就會是印出來的東西，總之就會是「印刷物」。

這種摺成四折的狀態，原本就無法辨別是「信」還是「印刷物」。

我把紙張慢慢攤開。

『一之瀨帆波是罪犯。』

上面這樣寫著。

可是，這次不像之前那樣有寫下了寄信者的名字。

完全只有一行字。

字體普通，風格極簡。因為感覺不是利用超商印刷出來的，所以這恐怕是使用了自己買下的印表機吧。

這行文字彷彿是要讓人想起正要沉寂下來的謠言。

而且這次和目前為止都不一樣，信上咬定她就是「罪犯」。

雖然完全沒有提及她犯下了什麼……

「一之瀨也很傻眼吧，對於這種惡作劇。」

「可是，使用這麼直截了當的表達方式寫信好像會產生種種不便呢。三番兩次做出帶有惡意的行為，難道不會造成影響嗎？」

彌彥問葛城信的存在是不是一步壞棋。

「狀況確實跟以前截然不同。當初只有揭發一之瀨有違法存下點數的可能性。儘管不是不正當行為，但因為當初校方也認同她持有大量點數，甚至舉行了特殊案例的發表。不過，這次的內容明顯只是要陷害一之瀨。如果跟學校報告並要求處理，就可能鎖定投信的人物。」

「真笨耶，對吧——」

「不，也不能那樣斷言。」

「是那樣嗎？」

「那傢伙應該也不是不明白那種單純道理的人。」

「咦……難道說，葛城同學你知道散布謠言的人是誰嗎？」

「雖然只有頭緒啦。」

坂柳是有跟我預告過了，但她表面上還是不承認這件事實。橋本可能是單獨行動，或只是受到二年級或三年級的指示行動。這次謠言的出處也可能來自完全不一樣的地方。

不過葛城說他對出處有頭緒。

這樣果然就會冒出最有嫌疑的坂柳了嗎？

「學校會不會有動作，應該要取決在事件中心的一之瀨的對應。」

投遞印刷物的人物跟散布謠言時一樣，有把握一之瀨完全不會向校方控訴。預計不論做什麼，一之瀨都會保持沉默。

只要一之瀨不對謠言或信件採取行動，學校就不可能有所動作。

一之瀨在這種情況下回到了宿舍。與其這麼說，看起來反而像是接到B班夥伴的聯絡才急忙趕回來。

她馬上就接過朋友拿給她的那張印出來的紙，接著瀏覽。

我跟葛城這些在場十名左右的學生都注視著一之瀨。

「…………」

一之瀨不發一語，只是往下盯著那張印出的紙張。

盯著那行在腦中讀出來也花不到一秒左右的文字。

從她的視線可以知道她花了好幾十秒反覆閱讀那些文字。

「……這東西在信箱裡嗎？」

「嗯……做得真過分。大概是發給了所有一年級……」

B班女生朝倉麻子抱住一之瀨似的靠過來。

「欸，妳不必再忍耐了喲。我們找老師商量吧？這種事不可原諒。」

「是呀。老師的話一定會找到犯人！」

目前為止的對手都是看不見的謠言，但這次不一樣。這次出現了可能變成實物證據的東西。

這是某人惡意攻擊一之瀨的明確證據。

「沒關係。我呀，才不會在意這種小事。」

「不、不行啦，這樣小帆波的負面謠言會蔓延開來的。」

同學拚命地打算說服一之瀨也是情有可原。

就算十個人有九個不相信謠言，只要有一人相信就會是件大事。大家對一之瀨帆波這名學生的印象也會慢慢惡化。

一之瀨毫無迷惘地貫徹沉默，可是周圍不一樣。

他們打算設法幫助一之瀨。如果證明清白應該也會通往制裁對方的結果。然而，那卻會把一之瀨逼入絕境。

「各位，抱歉呀。因為我的事情讓妳們異常地顧慮我，可是請妳們真的別放在心上。」

她這樣說完，就對B班的女生們展露笑容。

這些紙張幾乎毫無疑問是在深夜放置的。應該是在所有人都熟睡的半夜裡。因為早上會確認信箱的學生非常有限，所以信件才會在回宿舍的放學之後被人發現。

接下來只要有某人發現並等消息傳到一之瀨耳裡就好。

有個女生小心翼翼地看著B班動搖的模樣。

葛城以銳利的眼神瞪著那個女生。

那是一年A班的神室真澄，是跟在坂柳身邊到處走的女生。可是她今天好像是一個人。

「神室她怎麼了嗎？」

「不……沒什麼。」

葛城沒有回答，並把紙張扔進一旁的垃圾桶，接著按下電梯按鈕。葛城和彌彥搭入原本就已經在一樓待命的電梯，直到最後都掛著一臉嚴肅的表情。我看見那台電梯升了上去，便決定也回去房間裡。

1

我的房間在宿舍的四樓，是四〇一號房。

我搭進電梯後，神室也同時搭了進來。

「幾樓？」

就算我站在電梯操作盤前這麼問她，她好像也沒有要回答，所以我就默默把門關上。

開始靜靜移動的電梯一眨眼就抵達了四樓。

我出了電梯後，神室也接著出了電梯。

這只是巧合。她是要來拜訪某個男生——

這種事情不可能吧？

「找我有什麼事？」

我直到走到房間前（話雖如此但馬上就到了），姑且對神室這樣搭話。

「我有話要說。」

「可以的話，我還真希望妳能早點說。」

「幹嘛，你有安排嗎？」

「沒有。如果站著聊的話，妳會很傷腦筋嗎？」

「我怕冷。可以的話能不能讓我進去？」

可以的話——雖然她嘴上那樣講，但果然有一半是在威脅「讓我進去」。

「是可以啦……」

我打開門鎖進到房裡。

神室的表情毫無變化，她板著臉環顧室內。

「好單調的房間。」

「妳強行進來別人房間，結果劈頭就說這個？」

「哪裡強行？我有確實獲得許可吧？」

神室說完就往我床上坐下去。

「那種獲得許可的方式……算了。所以呢？」

「拿點什麼喝的吧。畢竟會講得有點久。」

實在是個厚臉皮的傢伙。

「那我去泡茶或咖啡。」

「沒有可可嗎？」

「……有。」

「那麼，我要可可。」

我都準備了兩種選擇，想不到她會主動要求第三個選項。

「所以妳要說什麼？如果會冷的話也可以在大廳吧。」

因為大廳也有開暖氣，談話應該沒有問題。

我邊準備可可，邊和神室說話。

「畢竟這裡的話應該不會有任何人打擾，要談話大概會是最佳選擇吧。」

「是什麼話題？」

老實說，我既沒興趣也不想問。

「難不成你正在防備我？」

「不防備才奇怪吧？畢竟有個自己不親近的女生，而且又是敵人的A班學生進自己房間。」

「你跟你們班的山內不一樣呢。」

神室看著我這邊同時這麼說道。像在試探我。

「你很好奇嗎？」

「一點也不。」

「是喔，那我就先不提那件事，反正也無所謂。」

她也可能偷偷拿著手機竊聽或錄音機那類道具，不過神室的立場有點特殊。既然坂柳知道我的事情，那我應該就不必挑選用字遣詞了。

有必要的話，那傢伙隨時都可以對我進攻。坂柳現狀下沒有執行，就是因為她自己不喜歡我引人注目。

「剛才一之瀨的那封信，你怎麼看？」

「妳說怎麼看，這意思是？」

「就是字面上的意思。你相信她是罪犯嗎？」

「誰知道。因為我對那件事也沒有興趣。」

「就算沒興趣至少也會思考吧，思考一之瀨是好人還是壞人。」

「就算是罪犯也不能說就是壞人，而不是罪犯也不能說就是好人。」

說到底善惡的定義很曖昧。它會因為看事情的角度、立場、關係而大有不同。

「…………」

神室好像覺得很沒意思地盯著我看。

而且完全不打算推進話題。

但一直在這裡迴避話題的本質，談話就不會有進展了吧。

「不是有傳聞說是某處的誰在散布謠言嗎？」

「對呀，我也聽說是某處的誰在散布謠言。」

「就我的預想，我認為那些謠言之中包含一個以上的真相，或是有某些內容接近事實，所以就算一之瀨受到謠言攻擊或印出來的信也不會打算反擊。因為要是反擊的話，原本想隱瞞的真相就會暴露出來。」

「如果一直無視的話，就會維持在懷疑狀態下結束。」

「嗯。不過那樣無法解決問題。假如知道那些她想隱瞞的事實的人們到頭來還是在散布謠言，她就算不承認，遲早也會被寫出更具體的內容。變成那樣的時候，恐怕就沒辦法蒙混過去了。」

熱水煮沸了，我把熱水注入杯子。

接著把裝著熱可可的杯子擺在桌上。神室沒有打算立刻飲用。

「妳不喝嗎？」

「我怕燙。」

她說的話到底有幾分真啊？

「就跟你的猜想一樣。現在一之瀨被那些知道她想隱瞞的事實的學生給盯上了。」

「妳怎麼會知道那種事情？」

「你知道吧？因為坂柳有在你面前說過。」

我當然記得那件事。

不過，想不到神室會主動告訴我。

「話先說在前頭，坂柳不知道我現在在這裡跟你聊這件事。她要是知道大概會很生氣吧。」

這也是坂柳的戰略之一嗎？

「總之，妳是說妳正在背叛坂柳？」

「就是這樣。」

「抱歉，這很難讓人相信。」

「我想也是吧。所以我會把一之瀨隱瞞的事實告訴你。因為大概明天或後天其他學生就會知道那些事實了。」

然後，就會證明神室所言為真嗎？

「但在這之前，就必須先從我為何會被坂柳任意差遣說起了呢。」

「妳的境遇嗎？」

「我知道你沒興趣，但你就給我聽著吧。」

如果我沒興趣也無所謂的話，我就姑且聽聽吧。

因為要是我不那麼做，她應該也不願意回去。

2

我是在入學典禮結束經過一個星期的那陣子被坂柳搭話的。

我順路去了回去宿舍路上的那家超商。那發生在我剛辦完事且離開店家之後。

「請等一下。」

離開超商、前往宿舍途中的我被同班的女生叫住了。

「有什麼事嗎？」

「雖然才入學沒多久，不過我有些話想和妳聊聊。神室同學。」

「妳記得我的名字呀？」

「同班同學的名字和長相，這點小事我都記下來了。」

那名女生這樣說。她的走路速度很慢。

單手握住的枴杖顯示她的腳不便於行。

我記得她好像——叫做坂柳有栖。因為身障的她很顯眼，所以即使我不打算記下同學的名字，不知為何還是把她的給記住了。

「我可以跟妳一起回去嗎？」

我通常會拒絕。不過，雖然這跟她腳不方便沒有直接關聯，但這裡籠罩著一股令人難以拒絕的氣氛。

「隨妳便。」

「謝謝。」

她開心地笑了之後，就稍微加快腳步與我並肩同行。

「就算妳勉強自己結果跌倒了，我也不會幫妳。」

「沒關係，我跟這支拐杖也算是老交情了。」

雖然她這樣說，但走路速度真的不算快。

「唉……」

我明明都故意大口嘆氣了，坂柳卻沒表現出放在心上的態度。

她外表看似纖細，內心卻好像很厚臉皮。

「對了——妳剛才在超商做了什麼？」

「做了什麼是指？」

「因為就我所見，妳好像什麼也沒買。」

「沒什麼關係吧？有時也是會沒有想買的東西。」

我打算結束話題，坂柳就抓住了我的手臂。

「妳順手牽羊了吧？」

坂柳看著我的眼睛這麼說。

她露出了閃閃發亮的眼神，就像是找到有意思的玩具。

「雖然我認為妳有事先察看過好幾次，並掌握了監視器的位置，不過妳在學校是初犯嗎？還是說這已經是第幾次了？」

「妳有把握我偷了東西嗎？」

「嗯。妳好像完全沒注意到我，可是我很確定，否則我就不會說什麼『妳順手牽羊』這種話。」

「是呀，確實如此。」

坂柳就是因為目睹那個現場才會找我說話。

「偷了又怎麼樣？妳要跟學校告狀嗎？」

「我想想。要報告是很簡單，可是在那之前，請妳告訴我。」

「啥？」

不知坂柳有沒有發現我一臉不悅。她繼續說了下去：

「妳的手法很漂亮。我最驚訝的是妳的冷靜。通常犯人會買下口香糖或糖果那種便宜貨減輕罪惡感，可是我在妳身上完全沒看見那種態度。那也是這種順手牽羊的行為已經在妳的心中日常化的證據。」

坂柳說的沒錯。她從我的一個行動就看穿我一路以來反覆偷了好幾次。不過，那又怎樣呢？

我不打算久聊。

不論手法再好都無法撤銷她發現的事實。

「隨妳高興吧。」

我把手伸到書包裡，拿出從超商偷來的啤酒罐。

通常那東西未滿二十歲是不允許購買的。

是針對生活在校內的教職員放置的。

「快去聯絡呀。」

雖然我這樣講，但坂柳卻說出毫無關聯的話。

「妳平常會喝酒嗎？」

「啥？……不會。我對酒也沒什麼興趣。」

「換言之，順手牽羊對妳來說不是為了讓每天生活變得輕鬆的行動，妳完全只是為了品嚐那份罪惡感以及風險才做出來的，對吧。」

她自作主張地繼續分析。

「我知道妳很會冷靜分析了。所以，妳到底要不要快點把我扭送給校方？」

「這樣好嗎？要是順手牽羊，就免不了要停學了吧。」

「所以？」

「我們才入學一個星期，今後還會有許多開心與不開心的事情喲。」

「妳不聯絡的話，我來。」

我打算拿出手機，那隻手就被她制止了。

「我很中意妳，神室真澄同學。我要請妳當我第一個朋友。」

她說完就催我收起手機。

「妳在說什麼？」

「我會保守妳的祕密，相對的，我要請妳幫我做各種事。」

「那才不叫朋友。」

「是嗎？」

「再說，妳覺得我會乖乖服從妳？」

「確實，就算我申報給校方，妳受到的損傷好像也不多。不過，神室真澄是個會順手牽羊的人——這件事還是會敗露。要是變成那樣，以後妳要順手牽羊時也會產生問題吧？」

「妳的意思是不只要放過我順手牽羊，還覺得我可以偷更多？」

「怎麼做都是妳的自由，那部分我不是我該插手的。說到底，就算我在道德角度上跟妳說犯罪行為不可行，也無法打動妳吧。不對嗎？」

「那……算是吧……」

「不過——只要妳跟隨我的話，我想妳就不會無聊嘍。說不定我可以拿其他東西填滿妳那顆只靠偷竊才能滿足的心。」

那就是我和坂柳有栖的相遇。

3

「——啊——我累了，好久沒說那麼多話。」

神室說完，就用跟最初一樣的眼神仰望著我。

「總之，我是順手牽羊的慣犯。」

「那妳最近呢？」

「我被坂柳那傢伙隨意差使到連偷東西的空閒都沒有。」

「這不是我的本意。」雖然她嘴上這樣講，但好像也不是全然無法接受。

神室恐怕至今都不曾被任何人需要。她在那方面有陰影。

不過，意思就是藉著坂柳需要她，她才得以不去犯罪。

坂柳還真是巧妙地利用了她。如果讓神室反覆順手牽羊，遲早都會敗露。

如果是校區外就算了，這裡可是學校有限的領地。

只要持續出現庫存不符的現象，馬上就會找到事實。

這麼一來A班受的損害也明顯會擴大。

「坂柳之前說過了吧，說妳的祕密和一之瀨的祕密一樣。」

總之，如果這些話全是真的，也就表示一之瀨有順手牽羊的經驗。

「就是那樣。」

「不過，妳不惜赤裸裸地說出自己的過去，是要向我尋求什麼？」

視情況而定，我要追溯過去並請人調查也不是不可能。

這樣損失的只有神室。

「我並不喜歡坂柳和一之瀨。可是，老實說一之瀨會順手牽羊的事實讓我很震驚。她明明那麼受歡迎，應該什麼都有被滿足，結果居然跟我一樣。」

神室自嘲似的笑著。

「你去阻止坂柳嘛。你辦得到吧？」

「總之，妳是叫我幫助一之瀨嗎？」

「沒錯。這樣下去一之瀨一定會被打倒。不是肉體上，而是心靈呢。」

「原來如此。」

要確認神室說的話是否為真，很困難且難以證實。

即使可以從庫存價格或盤點價格導出損失金額，要查明損失原因為何還是很困難。那也可能會是店員的處理失誤。就算入學一開始偷過東西，可是她也不是明目張膽地反覆盯著同一項商品，而是僅只一次的行動。

話雖如此，我也不可能拜託校方讓我看監視器。

如果有唯一可以採取的對策，那就是和校方以及超商洩漏神室的偷竊事實。但不論是真是假，這對我個人的壞處都太多了。

就算全都是真的，我也沒打算乖乖接受神室的說詞。

她對坂柳心懷不滿應該是事實，但不惜背叛坂柳也要求助於謎團重重的我，她的動機有點不足。

既然如此，她做出的這一連串行動，為的會是什麼呢？

就現實的可能性來說，我應該要把這當作全是在坂柳的想法下執行。

為了實現跟我直接對決而利用一之瀨……的這種路線。

「你的意思是我在騙人嗎？」

我思考了很久，神室便主動打破沉默。

「老實說，這件事沒有絕對的保證。」

當然，如果我只聽剛才那些話，幾乎毫無疑問可以判斷這就是事實。

即使如此也沒接受，就是因為神室是坂柳的親信。

「……原來如此呀，我知道了。既然這樣只要證明給你看就行了嗎？」

「妳能證明嗎？」

「大概吧。」

神室說完就拿出學生證，並親手交給我。

「那麼，你的門不要鎖，等我一下。」

她只有那樣說，就馬上出了房間。

難不成她打算現在就去偷東西過來，證明自己就是竊盜犯嗎？

我暫時毫無意義地看著神室的學生證等她。她過大約十分鐘就回來了，然後從衣服裡掏出某樣東西讓我看。

「喂喂喂……」

看來我的預感好像對了。

「我想過要拿個口香糖，可是啤酒應該比較能讓你相信吧。」

如果是誰都能買下的口香糖，只要預先買下來也可以假裝是偷來的。不過，如果是酒精飲料就另當別論了。就算跟外面的某人借用學生證，也沒辦法準備這瓶酒精飲料。因為她不可能買下有年齡限制的商品。話雖如此，利用老師或在校區裡工作的社會人士也很不實際。那商品無庸置疑是偷出來的。

她是為了博得我的信任，才實際執行給我看的嗎？

「你懂了吧？」

我對說完就打算收起啤酒罐的神室伸出了手。

「姑且讓我確認是不是真貨吧，那也可能是假貨。」

「……真蠢。你要說這種東西能做出來嗎？」

神室有一瞬間感覺表現出抵抗，但過了不久就把東西交到我手中。

那罐涼透的啤酒感覺是才剛從超商裡弄來的東西。

我慢慢把罐子轉了一圈。這無庸置疑是真正的酒精飲料。

「需要的話，就給你吧？」

「別這樣。」

萬一被發現房間裡有那種東西，就會發生很麻煩的事情。

「也是。」神室把酒精飲料從我手中拿起後，就在手中反覆地輕拋並接起。

「總之，你願意信任我了嗎？」

「妳都給我看真貨了，我也沒辦法不相信妳吧。」

「那就好。」

「所以，妳怎麼會選上我？」

「除了你，我在這間學校沒有半個人可以搭話。那點事情你也知道吧。」

我拿起剛才替神室泡的那杯可可，因為我很確定她一口都不會喝。飲料已經超過十分鐘都沒喝，所以有點涼掉了。

「這樣我沒有好處。」

「或許吧。」

神室好像感到心滿意足，她站了起來。

「我會期待結局如何的。」

她單方面地結束對話，就打算離開我的房間。

「慢著。」

「……幹嘛？」

「妳忘了學生證。」

「我完全忘了。」神室說著，就以那隻沒拿著酒精飲料的手接下學生證，然後再次邁步離開了我的房間。

話雖如此，她真是提了個麻煩的問題。

先把一之瀨的問題放著不管好像才是上策。

「不對……好像也不能這麼斷言嗎？」

倒不如說，說不定利用這個機會也是一種辦法。

我拿著學生證和手機離開房間，前往超商。

堀北的哥哥在半路打了過來。

我原本以為訪客回去後，總算可以平靜下來……

話雖如此，這一通電話是意外人物打來的，他也不是為了閒聊才打的吧。

『我有幾件事情想先告訴你。』

我按下通話鍵，堀北哥哥劈頭就這麼說。

「很緊急嗎？」

『視情況而定，可能也已經太遲了。這跟我妹有關。』

「……跟你妹有關？」

還真稀奇。

只要不是什麼大事，堀北哥哥是不會提起妹妹的話題的。

『櫛田桔梗接觸了南雲雅。』

「哦——」

我在驚訝的同時，也很佩服堀北的哥哥消息靈通。

「我還以為你的身邊一定都是敵人，真虧你可以掌握那種消息。你是從誰那裡獲得那條消息的啊？」

『這是桐山的消息。我和南雲的關係在上次的合宿明確地形成了巨大龜裂，他今後也一定會攻過來吧。我這邊也不得不採取行動了。』

桐山副會長嗎？

我沉思般地陷入沉默，堀北的哥哥便繼續說下去：

『你無法放手相信我嗎？』

「我不像你那樣了解桐山。」

『這樣就行了，你要站在總是心存懷疑的立場。』

堀北是過去任職學生會長的男人，不論是桐山也好，南雲也罷，堀北和他們相處都抱著一定的信任。那種就算心裡懷疑，但直到遭受背叛為止都會深信對方的行為，我實在是學不來。

「然後呢？」

『她去求助讓堀北鈴音退學。還真是做出了大膽的行動。』

「應該是有讓她無法顧及形象的苦衷吧。」

櫛田在約定好的賭注上敗北，應該說過今後不會妨礙堀北才對。

話雖如此，但這就表示她一點都不打算規矩地守約。

就跟她接近並利用龍園一樣，她接下來也接觸了南雲。看到南雲在合宿上的周旋，事態會變成這樣也不足為奇。

當然，櫛田應該也發現了吧。她每次像這樣把堀北逼入絕境，同時也會把自己逼入絕境。可是，這也是逼不得已——她傳達出這種覺悟。老實說，我覺得她要接觸龍園還太早了，不過接近南雲並不是個壞點子。如果是大我們一年的學長，只要他畢業的話，知道事實的人就會消失。

不過，這只限南雲是值得信任的人物。

『接下來，南雲或者他身邊的人應該都會對鈴音出招吧。』

「你要我做什麼？難道是叫我保護你妹妹？」

『今後鈴音被退學也是她自己的責任。可是，櫛田說你的存在也很棘手。』

「原來如此……」

南雲大概對我沒什麼興趣，不過，要是我的名字反覆出現的話，他就算不願意也會意識到這點。

意思就是說，我要是不趁早斬斷連鎖，棘手的事情就會接踵而來。

「南雲有接觸橋本的可能性嗎？」

『你怎麼會這樣說？』

「儘管只有一點點，但橋本在合宿初期與後期的態度有了變化。我當時還不確定，但最近見到他的時候就加深了懷疑，我認為那些變化不是多心。這樣就會是橋本在合宿後期從某人那邊聽說了我的事情。」

要說有什麼學生知道我的事還對橋本說出來，就極其有限。

『你推測得沒錯。南雲在合宿中跟橋本說了你的事情。話雖如此，橋本恐怕也還沒得到你就是操縱鈴音的學生的這個答案。』

「原來如此啊。」

所以，他是為了確認真相才到處做各種刺探嗎？

『我原本是覺得不用刻意告訴你，你會覺得不滿嗎？』

「不會，就算事先聽說也跟現在的狀況沒兩樣。」

『我想也是。』堀北哥哥這麼低喃。

如果是坂柳陣營的學生，那對我懷著不信任感也無所謂。

不論橋本打算如何刺探，只要我毫無作為，就不會有任何結果出現。或是就算他想到了對策，只要他告訴坂柳也就會到此為止。這種情況比龍園或南雲都還輕鬆。

不過，所有的原點都有南雲存在。靜靜旁望這件事好像也會有點問題。

『我把情報給你了，之後就由你判斷要怎麼做吧。』

「我會的。」

電話掛斷了。

這所學校裡，這種情報會在不少地方發揮作用。總有誰想陷害某人，每天都有人為了策略而展開行動。在這種意義上，我擁有的其中一個情報來源——堀北的哥哥，就很能派上用場。雖然他沒有南雲那樣精明，以及大範圍的情報網，可是在信用度或正確性的意義上都遠遠高過南雲。

總之，我如果要盡早阻止火苗燃起，就會變得需要部下。

蔓延開來的謠言

週末結束的星期一早晨。

我早上沖完澡，就叼著牙刷同時用浴巾擦頭髮。我的計畫是過得比平常都還要悠閒，並在房間待到快要遲到為止。

我想起來昨晚是關掉手機電源才睡覺，所以就開啟了手機電源。

手機裡好像累積了訊息，畫面馬上就亮了起來。

『清隆同學，早上有時間嗎？我可以去你的房間嗎？』

這封訊息感覺是愛里在我進了淋浴間之後寄來的。

除此之外還有惠的來電。我之後再回撥吧。

『抱歉，我在沖澡，沒注意到。已經沒時間了，可以在學校說嗎？』

我這樣寄出之後，她不到一秒就已讀了。

這是碰巧嗎？她好像正在等我回覆。

『沒關係，別放在心上。我會再找你。』

好像也不是急事。她這樣回覆。

既然如此，就讓我先專心在整理儀容上吧。

我也沒時間慢吞吞的了。我準備完畢就打算下去大廳，於是按了電梯。早上因為學生要上學很擁擠，所以電梯沒有馬上過來。不過，就算上學時間快到了，電梯還是一樣很忙碌呢。

我在那段期間掏出手機，先寄了一封訊息給惠。

『有什麼事？如果可以的話，我希望今天傍晚到晚上之間跟妳見面聊一聊。』

我這麼寄出之後，她就馬上已讀了。

『我只是無聊打個電話，別放在心上。比起這些，要見面是可以啦，但能麻煩早一點嗎？因為我晚上安排要跟朋友出去玩。』

這樣的話，就先約在五點左右吧。

『五點呢？六點前也可以。』

『OK，那就麻煩五點。有什麼事嗎？』

『見面時再告訴妳。』

我回完訊息後，電梯就從上面的樓層降了下來。

裡面只搭了平田。

「嗨，早安，綾小路同學。」

「真稀奇啊，平田。現在時間很壓線吧。」

平田是資優生，因此平常上學時間幾乎都很充裕。

加入晚出發的小組，而且幾乎是在最後的時間離開宿舍，應該算是很罕見的情況吧。

「雖然我其實預定要更早出門的……」

他說完就露出有點五味雜陳的苦笑。

「雖然？」

我和含糊帶過的平田一起下去一樓之後，那裡就出現了好幾名女生。

那不是某個特定的班級，是A班到D班全部都有。我有一瞬間想著這群人聚著是要做什麼，

但馬上就了解了事態。

「早安，平田同學！」

「嗯，早安。」

他露出了爽朗的笑容，不過樣子有點不知所措。

「這個給你……情人節禮物！」

說完，就有六個女生同時遞出了巧克力。這情況恐怕重複了好幾次了吧。我推測他剛才是在把巧克力拿回房間。

我決定和平田道別，趕緊去學校。

要等他是很簡單，但我還是敗給了女生「嫌我礙事」的這股壓力。
這樣啊，原來世上正值情人節呀。
「我這輩子完全沒收過巧克力……」
我不經意地這麼小聲自言自語。
在想交女朋友之前，我更想先收收看巧克力。
真驚訝自己心裡居然會有一絲這種慾望。

1

對情人節感到興奮的男生也不只有我。
我一抵達C班，就發現教室籠罩著異樣的氛圍。
許多男生都集中在一處。
今天是一年的集大成。
就跟聖誕節一樣，是男女戀愛活動的精彩重點。
「嗨，你來啦，綾小路。你也過來這裡一下。」

我被須藤呼喚，於是靠了過去。

「你收到巧克力了嗎？」

「咦？」

須藤頂著有點在瞪人、咬牙切齒的表情問我。

「如果直譯的話，意思似乎就是在問你是不是有從堀北那裡收到巧克力。」

池賊賊地說著。

「笨蛋，別多嘴啦。這才無關。」

儘管他這麼說，眼神中卻沒有笑意。

「所以是怎樣？」他用鬼氣逼人般的魄力問我。

「我沒收到，也不可能收到。」

「……真的？」

「對。」

須藤點了一兩下頭。這下子我就從須藤的怒瞪中解脫了。

「唉，我也知道你著急——畢竟綾小路的那邊可是怪物呢——」

池這樣說完，就在空中畫出寶特瓶般的形狀。

「……綾小路你這傢伙，別以為那樣就算是贏過我了喔。」

「不，我完全沒那樣想……」

自從合宿以來，我就偶爾會被這樣吐嘈，這讓我很傷腦筋。

「是說，你又怎麼樣呀，寬治？你和篠原順利嗎？」

「啥、啥！怎麼會冒出篠原的名字啊？」

「你也該從實招來了啦，因為大家都知道了。」

「說、說知道是……你知道嗎？」

池不知為何來向我尋求答案。

就經過來說，我姑且算是可以理解，於是就先輕輕點了頭。

「唔呃呃！」

池紅著臉往下蹲。

「看吧？連綾小路這種木頭都知道了，所以你收到了沒？」

因為對象是在班上人氣好像不算太高的篠原，所以沒怎麼聽見別人嫉妒池的聲音。就只有損友山內可能會很氣憤，不過現在還沒看見那個山內的人影。

「沒收到啦……」

「什麼啊，你也跟我一樣喔。」

須藤同情地把手圍在池的肩上。

「又、又沒什麼關係，畢竟還是可以從小櫛田那邊收到。」

池說完就得意地自豪著他那綁著粉紅色蝴蝶結的巧克力盒。

「話是這麼說，這不是所有男生都拿得到嗎？」

「雖然很令人感激，不過那可是究極的人情巧克力呢。」

我覺得她不會送給所有的一年級男生，但實際上究竟會是如何呢？

如果是櫛田的話，就算這麼做也不足為奇。

總之，只有男生的熱情傳達了過來。我也不是沒有隱約感覺到這種幼稚行為就是他們被女生保持距離的理由，但這也莫可奈何吧。

在我們這個缺乏戀愛經驗的班級裡，無論如何都會變成這樣。

不過，收不收得到也要取決於平時的行為。

畢竟又不是著急就會有所改變。

看著那個交給明人巧克力的B班女生，我這樣想著。

2

「明天十五日將依照安排舉行全科目的模擬考，但就像我剛才說過的，這和成績之類的完全無關，只是為了測試自己目前的實力，以及預習之後等著各位的期末考。雖然不會考出完全相同的題目，但這次的模擬考很多題目都很類似期末考的內容。即使升上了C班也不可大意輕敵。」

茶柱做完這番令人感激的說明，今天的課程便宣告結束。

我決定跟隔壁開始準備收拾回家的鄰居搭幾句話。

「最近櫛田怎麼樣呀？」

「怎麼樣是指？」

「我是說妳進行得順不順利。」

「不好說。我正在拚命謀求關係的改善。你也願意幫忙我嗎？」

「我只是問問。」

「櫛田同學開始一點一點地改變了。」

「開始改變──怎麼說？」

「我今天接下來要在櫸樹購物中心跟她喝茶。如果是平常的話，她會毫不猶豫地拒絕我。」

看來她們「表面上」似乎比我想像中還要有所進展。

「意思就是說妳的希望有成果了嗎？」

「說不定靠溝通就可以互相理解。」

「那就太好了，那麼就這樣啦。」

我這樣簡短地回答堀北，就離開了座位。

「……這算什麼嘛。」

堀北接受到了很沒誠意的關心。用有點蔑視的眼光看著我，於是我撇開了視線。

堀北不久後離開座位。

「啊，鈴音。呃——……我該什麼時候請妳教書呢？」

「就你來說，這還真是積極呀，須藤同學。」

「也是啦，因為我也不想被退學。」

須藤這麼說，但看起來有些不沉著。

他的目的當然是堀北的情人節巧克力。

「我的話，今天接下來也可以喔。」

然而——

「你還沒跟社團請假吧？模擬考之後再說也不遲。」

堀北說完之後，須藤的計畫便虛無縹緲地消逝而去。

我離開了教室。

綾小路組有邀約，不過我還是決定拒絕。

眼下還留著必須先處理的問題。

「清隆同學！」

這喊叫聲響徹了走廊，但音量較為委婉。

「怎麼了，愛里？」

「你今天真的不來小組聚會嗎？」

「我是那樣打算的啦。」

「就、就算晚到也沒關係，你沒辦法過來嗎？」

「我想想……說不定會超過六點喔。」

「嗯！我想大家差不多都會一起待到那個時候！」

「我知道了。我會再聯絡你們，好嗎？」

愛里僵硬的表情因為那一句話而轉為笑容。我暫時和那樣的愛里告別並且移動。抵達B班之後，發現他們的教室出奇安靜。

因為我能說上話的學生極為有限，因此對象是神崎會是最理想的，不過在合宿上曾經共處過的墨田或森山也不錯。

不過，不走運的是教室裡已經沒有那三人的人影。

雖然也是可以隨便找個人，但那也行不通。

我決定暫時撤回。

不過，我在途中聽見走出B班的女生的對話內容。

「欸……小帆波今天請假的理由……」

「那怎麼可能呢？」

是這種簡短的對話。

一之瀨請假嗎？

這只是單純的偶然，還是就像她們剛才說的那樣跟前幾天的事情有關聯？

我從B班前面離開，同時這樣想。

說到底，問題在於為什麼一之瀨會被坂柳掌握祕密。

確實存在冷讀術或熱讀術這種為了引出對方祕密的話術，不過一之瀨不想公開自己順手牽羊的過去，證據就是她到現在還在否認。

就算再怎麼被她的最大敵人A班誘導，她也會說出口嗎？

如果是池或山內就另當別論，一之瀨的腦筋算是很靈活。

「她是被坂柳的花言巧語欺騙了嗎……」

或者，還有其他人知道一之瀨的祕密？

不過，在B班裡應該最受她信任的神崎好像也不知情。

和她要好的朋友們也一樣。看她們的反應，我不認為她們知情。

可能是學校的教職員，又或者……是一之瀨隸屬的學生會。

「如果是南雲捨棄一之瀨並選擇坂柳的話，就有可能了呢。」

不過，這完全只限於這幾個假設都正確的情況。

說到底，如果神室說的不全是真話，那就沒辦法證實了。

能顛覆這些大前提的只有一之瀨帆波本人。

雖然說這裡幅員廣闊，但從世上的角度看來，這裡仍是狹小的校區裡。

要和某人碰面密談時，無論如何都必須在意旁人眼光。

要見她大概就要在早上或深夜這時段了吧。

雖然不知道一之瀨帆波的房號，但要解決這問題也很容易。只要打給宿舍管理室直接問出來就可以了。從校方來看，他們沒理由把學生的房號當作祕密。因為只要說是學生之間想互相聯絡，他們基本上都會諒解。

我在移動中打電話確認，馬上就弄清楚她的房號了。

儘管我感覺到橋本在我背後保持距離、監視著我的動靜，但我還是無視他。

最近橋本白天跟晚上總是會尾隨我。

橋本保持的距離感覺不錯。他截至目前應該有尾隨過好幾個人的經驗吧。

特地在被監視的時間點拜訪一之瀨，乍看之下好像沒有好處，不過其實是相反的。就是因為正被監視，這行動才值得做給他看。

我提前返回宿舍，打算先確認一之瀨的情況，所以前往了一之瀨所在的樓層。但倒楣的是一之瀨的房間前出現了幾名女生的身影。

她們是跟一之瀨特別要好的女生。

我立刻轉身，重新搭進了電梯裡。

今天先不要好了。

3

五點。我把惠叫到離宿舍有段距離的地方。

這個地方人煙稀少，但也不是完全不會有人過來。

「啊——好冷。幹嘛在這種地方碰面呀？還有更多選擇吧？」

「也不能在大廳吧？要是光明正大接觸，可能會傳出奇怪的謠言。那樣妳會很傷腦筋吧？」

「算是吧……但躲著見面不會莫名地引人注目嗎？要是不小心被人看見可能會產生謠言……」

「不用擔心。」

「總覺得——真不知道你有沒有在小心。雖然是沒關係啦。」

這樣就可以了。因為對於那個到處跟著我的男人來說，應該還要堅持很長一段時間。

「話雖如此，天氣實在是太冷了。要是夏天快點來就好了。」

「到了夏天，妳應該就會喊冬天快點來吧？」

我這麼一說，她就沉思了一下。

「所謂的少女就是這樣。」

輕井澤說完就用鼻子哼了一聲。

「說起來呀，這個月沒有特別考試嗎？」

「合宿也剛結束，沒有也不奇怪。」

「那麼，感覺就會很從容？」

「妳的期末考沒問題嗎？大概會相當困難喔。」

我這麼說完，就看見惠的動作變得僵硬。

「咦……真的假的？」

惠到現在都一路設法熬過，但學力上還是無法大意。

「你來教我讀書嘛。」

「拜託平田——這應該也不是不行，不過現在好像很困難嗎？」

分手後馬上厚臉皮地拜託對方，如果是惠的話應該辦得到吧，但她本人似乎沒什麼興致，而是目不轉睛地看著我這邊。

最輕鬆的是讓啟誠看照她，但那樣也不實際。

如果突然把她丟進我那團，一定會有問題產生。

「那就要在半夜了。即使如此也沒關係嗎？」

「總比被退學好吧。」

她說的沒錯。

「那麼，我會先安排。」

「麻煩你了。」

不過，就算熬過期末考，應該也會馬上出現新問題。

接下來的三月，可以預想恐怕一開始就會有大型特別考試等著我們。

平安結束那場考試後，一個年度的課程才會結束——整個過程應該會是這樣吧。

直到最後關頭都會持續無法鬆懈的戰鬥。

「所以，你找我有什麼事？」

她不知為何心神不寧地這樣問我。

「怎麼了？」

「沒什麼，我以為你可能無論如何都想在今天見我。」

「雖然不是今天也可以，不過我有事情想要盡早確認。」

「哦——」

她掛著懷疑著什麼的眼神。

我決定不放在心上並切入正題。

「妳對這個號碼有頭緒嗎？」

我讓她看看前幾天打來我這邊的未登錄號碼。

「咦——這會是誰呢？怎麼了，有不認識的人打來嗎？」

「沒錯。」

惠點了電話圖示，手動將那些號碼輸進數字按鍵。

如果是她有登錄的人物，通訊錄在輸入完畢之後應該就會出現名字。

「看來沒出現呢。」

「我是比一般女生們擁有更多聯絡人啦，可是我幾乎不認識高年級生。」

我是抱著「要是找到就好了」的這種想法嘗試確認，但希望果然很渺茫。

「試著回撥不就好了嗎？」

「我試過好幾次，可是對方都關機。」

「哦……？如果是要緊的事情，我就先調查吧？」

「嗯，我今天找妳也是為了這件事。不過，妳不要貿然打過去。」

「了解。」惠點點頭，並記下號碼。

「就這樣？」

「嗯，那就回頭見啦。」

我有點早就打算結束話題，惠因此急忙地過來留住我。

「啊，對了，我有些話要說。我可以提問嗎？」

惠在離別之際靠過來提出奇妙的問題。

「今天是什麼日子？來，五、四、三——」

「……簡單到超乎想像，反而讓我覺得那可能不是正確答案。」

「你就別彆扭了，直接回答嘛。」

「情人——」

「好，答對了。」

我的頭上有股輕巧盒子輕敲上來的觸感。

「妳要給我嗎？」

「這原本是為了洋介同學準備的，不過現在已經不需要了。」

「為了平田啊？」

「怎樣，不滿嗎？」

「沒有，我是在想妳真早就開始準備情人節。」

惠決定和平田分手，已經是超過一個月以前的事情。

「這、這是因為我準備得很周到。就算決定分手，說不定還是會有需要吧？不過，沒有戀愛經驗的你應該不會明白。」

經她這麼一說，說不定就是如此吧。

「你明明就是覺得也許可以從我這邊收到巧克力才會挑在今天。」

「抱歉，我完全沒有在想那種事。」

惠看起來有點生氣，但馬上就恢復了原狀。

「順帶一提，你有從其他女生那邊收到嗎？」

惠轉移焦點似的稍微岔題。

「不，完全沒有。」

這情況下與實際上有沒有收到無關，我判斷應該先這樣回答。

「活該。你這男人還真適合零這個數字～」

馬上就被她瞧不起了。

「但這樣好嗎？妳如果給我的話，我就不是零了喔。」

「畢竟那樣也很悲慘吧？那東西算是我送的救助措施。」

態度實在很高高在上。

「啊，你要還以千倍的回禮也沒問題。」

又是個離譜到不行的發言。

「對了——」

惠再次打算改變話題。

但她一看見我的眼神，就把那些話吞回喉嚨深處。

我們近距離地四目相交。

我慢慢把視線移往宿舍的方向。

「那麼，我要回房間了。」

「嗯，回頭見。」

惠說完就趕緊打算回宿舍。

我立刻把禮物收進書包。

曖昧不清的事情

對橋本正義來說，要追隨誰的這種問題很微不足道。

不對，說他是完全不放在心上也不為過。

坂柳還是葛城誰要當領袖都好，他都會利用對自己有利的那方。就只是這樣而已。雖然起跑點在A班令他慶幸，不過，他還是有把自己中途掉下B班或C班的下場納入考量。

重要的是，要站在最後可以逆轉的位置。

就是因為這樣，他才會在很早的階段就接觸開始崛起的龍園，並且感受到他的可能性。

他明白龍園是可能打敗坂柳或一之瀨的出色人才，是令人非常毛骨悚然的人物。視需求而定，橋本也會毫不猶豫地把A班的情報洩漏出去。他當然都只有在坂柳的旗下進行間諜活動。可是，假如龍園比別人更勝一籌，他也會不惜背叛坂柳。

他同樣也有把B班的一之瀨設成目標人物，但一之瀨的情況跟龍園或坂柳不一樣，背地裡的操作對她是行不通的。所以，橋本沒有勉強接觸她，而是選擇先擺平阻礙。儘管不至於走到讓對方背叛一之瀨的地步，不過他跟很靠近一之瀨的某個B班學生有來往。

這是橋本入學後就立刻與各班建立起的關係。

多一點防止不測事態的保險手段再好不過。

而今天他也打算為了那「不測事態」做事前準備。

「那、那個，橋本同學，可以打擾一下嗎？」

放學後的走廊。一個叫元土肥千佳子的同班女生來到橋本身邊跟他搭話。她和橋本一樣隸屬網球社，好像是趁著橋本離開教室的時機追來的。她看起來好像很雀躍、靜不下心。

就算不詢問來意，橋本還是立刻就理解了狀況。

今天是二月十四日。這片光景他已經體驗過好幾次。

不過，他不會在臉上表現自己了解，也當然不會說出口。

「怎麼啦，元土肥。有什麼事嗎？」

他這樣溫柔地問完，元土肥就下定決心似的說：

「這個巧克力給你。今天是情人節。」

橋本馬上就收下了元土肥說完就遞過來的巧克力。

「謝啦，元土肥。我很開心喔。」

「太、太好了。」

之前橋本就有察覺元土肥對自己抱著對異性的好感，知道她用那種眼光看待自己。這十之八九是真心巧克力吧。雖然他有自信只要告白就會成功，可是他對元土肥沒有任何情感。因為不論是好是壞，他都只把對方當作沒有利用價值的人，也判斷了交往好處是零。

「偶爾也來社團露個臉嘛。」

「抱歉啊，我最近都蹺掉了。」

「真的，學長姊都很傻眼耶。」

「我會記著的。總之，下個月就讓我好好回禮吧。」

「嗯、嗯！」

元土肥紅著臉點完頭，就逃避害羞感似的跑走。

他們完全沒有交往的可能，但橋本還是先留下了這段關係的契機。

因為今後或許會有什麼改變。

橋本為了趕上落後，所以稍微加快腳步走向一年C班。

現在比起什麼元土肥，他有一個更在意的人物。

那就是C班的男學生——綾小路清隆。

「我為什麼會這麼在意他呢？」

橋本自己都覺得有點不可思議。

橋本直到合宿為止完全沒注意過他，對他是隱約知道長相的程度。儘管記得他在體育祭時和

前學生會長展開過一場壯烈的接力賽，但也不過如此而已。原本以為他只是腳程快，旁人的評價不會有大幅的改變。重要的是，強力蒐集著消息的坂柳或龍園都沒對綾小路投以特別的眼光。

但如今卻發生讓他對綾小路改觀的事件。

那就是學生會長南雲雅的奇妙發言——「他是堀北學最賞識的男人」這句謎樣的台詞。橋本原本想把這當成純粹的玩笑話，但他還是辦不到。

現在想想，這是有徵兆的。為何前學生會長會跟綾小路直接對決呢？

難道那不單是偶然嗎？

如果那是有某些意圖，不得不以那種形式演出的話——

他心裡變得充滿著那種疑問。

再說，他也還無法接受龍園被石崎等人制住的那件事。目前的C班在春天的時間點還處在絕對的最底端，現在卻開始扎實地縮短與前段班級的距離。

假如這一連串的事件，綾小路都有參一腳……

「他甚至可能凌駕坂柳或龍園嗎……？」

他目前實在不覺得會是那樣。

那也是當然的。如果維持現在這樣就會止於疑問、過度妄想，而且也缺少某些決定性的事物。南雲的發言不過是沒有真實感的玩笑話，體育祭舉辦的接力賽事件也是橋本自作主張的想像。

正因如此，他才會採取行動確認事實。

他受坂柳的指示散布一之瀨的謠言，但最近只要找到空檔，也會同時四處跟蹤綾小路刺探消息。

現在他抵達了C班，但已經不見綾小路的人影。

「綾小路總是不會做多餘的事情呢。」

好像是因為他的交友圈很狹窄，所以放學後很少留在教室。

他今天也和三宅或幸村他們那群要好的朋友待在一起嗎？他原本這麼想，不過確認到幸村跟佐倉都留在教室後，他就暫時消除了那種可能性。

「嗨，平田。」

貿然觀察其他班級也很引人注目。

橋本立刻就向還沒去社團活動的平田搭話。

「嗨，橋本同學。怎麼啦？」

「我來確認你有沒有交到新的女朋友。」

「怎麼會，我現在不考慮交女朋友喔。」

「也就是說正在療傷中嗎？」

「哈哈……就是那樣呢。」

「下次再聽你說那方面的話題吧。對了，我在四處詢問合宿上同組組員的聯絡方式，我想接下來就是綾小路了，不過他好像已經回去了呢。」

「你沒看到他嗎？我想他一兩分鐘前才離開……」

只慢了一點點。他判斷可以立刻追上，就向平田答謝並馬上前往校舍出入口。

馬上就是期末考了。以橋本的角度來說，他也不能整天反覆跟蹤人。他想解決這件事，並盡早轉念在考試上做好萬全的準備。

「真希望可以差不多讓我在這裡掌握到什麼。」

要是有什麼機會就動手。他是這麼打算才追上去的。

很幸運的是，綾小路就在出入口前滑著手機。他是要跟誰碰面嗎？還是單純在打發時間呢？不論如何，這對橋本來講都是幸運連連的發展。

綾小路頻繁地點著手機，正在和某人聯絡。對象只是三宅那些人嗎？還是說，他是在和橋本不認識的人聯絡呢？這就無從得知了。

他唯一確定的，就是綾小路是非常好跟蹤的對象。

橋本至今跟蹤過好幾名學生，像是葛城、龍園、神崎。他偶爾也會跟蹤一之瀨，但那些人都不容易跟蹤，兩天可以跟蹤一次就算是很出色了。運氣不好的時候，也會有將近一星期都無法獲

得情報。

然而，綾小路每天的行動都很單調，交友圈又極為狹窄。

因此要埋伏他也很簡單。最重要的是他完全沒有戒心。

像是注意身後，發揮敏銳的感覺、偶然的嗅覺——這些完全都沒有。

即使如此，橋本也沒有大意輕敵與驕傲。

他小心謹慎地保持充分的距離跟在綾小路身後。

同班同學清水直樹在這時打給了橋本。

「喂？怎麼了，直樹？」

『沒有……其實是關於今天早上的事……我真的是服了。』

「嗯，最好別放在心上，畢竟班上有不少多嘴的人。」

橋本隸屬的A班早上出了點問題。清水對一個叫做西川的女生告白失敗，在班上女生們之間傳了開來。應該是西川不小心跟朋友說出告白的事情才會傳開吧。這是常有的事情。

「什麼事都放在心上的話，那會變得無法跟任何人告白喔。」

『是、是沒錯……但西川那傢伙真的很不可原諒。』

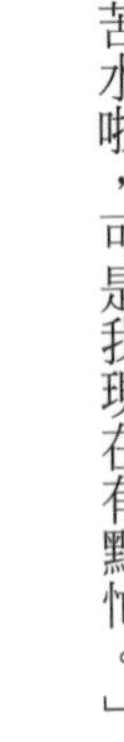

「我是很想聽你吐苦水啦，可是我現在有點忙。」

『是嗎，抱歉。』

「我晚上再回撥。」橋本這樣答應他，就掛掉了電話。

「這是因為他沒有確實準備成功條件就告白呢。」

橋本決定之後再安慰他，並跟著要回去宿舍的綾小路。

「要是他就這樣直接回去，今天也會是一無所獲了嗎？」

要說跟蹤綾小路有辛苦之處的話，就是缺乏變化了吧。

然而，電梯卻經過了綾小路房間所在的四樓，就這樣繼續往上升。他觀察了一會兒監視器裡的情況，發現他獨自去了女生居住的樓層。

「我記得……那好像是一之瀨的那層樓。」

也可以想像這只是偶然，他是要跟其他女生見面。

不過，若是這個時期，縱使不願意也會聯想到跟一之瀨有關。

「話雖如此，就算對象是一之瀨也可能單純是要探病嗎……」

綾小路的交友圈再狹窄，一之瀨在年級裡也算是人氣學生。

就算跟綾小路是朋友也不會讓人驚訝。如果外加對方可愛，即使有學生期待某些事情前去探望也不奇怪。

然而，綾小路卻馬上回到電梯裡，直接把電梯停在他房間位在的四樓接著離開。

「什麼啊……？」

橋本難以理解這些行動。這時螢幕顯示出B班的女生們從一之瀨的樓層乘入電梯的身影。橋本推測綾小路是因為碰到比他先去探病的女生才會折返。

為了以防萬一，橋本還是立刻搭進電梯前去四樓，但已經不見綾小路的人影。

當成他回了房間應該不會有錯。

「結果，今天還是一無所獲嗎？」

思考著要不要作罷的橋本決定在大廳暫時觀察情況。

時間也還早。因為他猜綾小路也很有可能在之後接觸一之瀨，或是跟別人約出門。不論綾小路要上樓還是下樓，只要搭進電梯，橋本就可以從監視器做確認。

橋本為防萬一的這一手，大概在一小時後有了成果。

搭進電梯的綾小路開始往樓下移動。

看來他還沒換上便服。

「他要再去一次學校嗎？」

特地回宿舍又做出那種行動，實在是教人費解。

假如是要去附近的超商，所以換衣服很費工夫的話，倒還可以解釋，可是他手上竟然提著書包。

橋本從沙發上起身，往緊急逃生樓梯的方向藏起來。

「我就是在期待有意思的發展。」

橋本的這種願望就像是被理解一樣。綾小路在離開大廳後，就往人跡罕至的方向走去。這下子至少學校或超商這種可能性就會消失。既然這樣，綾小路是要跟誰碰面嗎？不對，只是要和朋友碰面的話，他前往的地方實在很不合適。

這麼一來，橋本無論如何都會期待他要做什麼、和誰見面的這一部分。

他肯定是要和人碰面。

如果前學生會長堀北或龍園這些人出現的話，就會很令人熱血沸騰。

但這種想法卻以始料未及的形式遭到辜負。

「喂喂喂，真的假的……」

出現在碰面地點的人物，是一年C班的輕井澤惠。

她是因為最近和平田分手，所以在A班也稍微成了話題的女生。雖然橋本至今跟她完全沒交集，但對於意外人物的登場還是藏不住驚訝。

他心裡湧現出無力感，期待遭到了辜負。

這和橋本追尋的綾小路的「內幕」沒什麼關係，單純就是戀愛情事而已。他很想這樣自動轉換想法，可是還是隱約覺得那兩個人的關係好像超越了朋友的領域。

橋本看過好幾次平田和輕井澤約會的樣子，現在卻可以看見當時沒感受到的強烈「像情侶感」與「親密感」。

「……我真不懂耶，為什麼會是綾小路啊？」

說起來是哪一邊抱有好感的呢，還是說兩邊都有？就算展開推理也得不出答案。戀愛本就沒有正確答案。如果客觀地比較平田和綾小路，八成的女生可能都會選擇平田，不過就算剩下的兩成選擇綾小路也不奇怪。

意思就是若有一百個人，也至少會有二十個人選擇綾小路。

也就是說……

「綾小路勤著聯絡的對象，就是輕井澤嗎……？」

不過他馬上就切換了想法。現狀只是橋本心裡自作主張的斷定與想像。不多加調查不會有答案。但正因這裡是沒有人煙的地點，他也沒辦法貿然靠近，而且無法連對話內容都聽見。

「怎麼辦呢……」

雖然橋本無法做出結論……

但那兩人的狀況突然有了某些動靜。

「巧克力嗎？」

輕井澤把手上的東西交給綾小路。說到會在二月十四日這天掩人耳目交出的東西，就算看不見內容物還是想像得到。

這麼一來，至少就會是輕井澤對綾小路有好感。

「不過，無論如何今天都結束了嗎？」

這跟他想知道的情報無緣。

橋本這麼下結論並打算折返，但結果還是停下了動作。

「我就趁這次機會……稍微找他們一點麻煩好了。」

考慮到距離期末考剩下沒多久時間，這也可以說是個機會。

他要透過強行捲入毫無關聯的輕井澤使綾小路動搖。如果綾小路因此露出破綻，這就是個好機會。反之，如果他什麼反應都沒有，也許就可以當他是清白的。

橋本這麼判斷，就往綾小路他們快步走去。

1

背後靠過來的動靜……步伐速度很快，動作很明顯是因為不想放過我們兩人在近距離接觸。

「嗨，輕井澤，還有綾小路。」

從大廳就一直藏身跟到這裡的橋本。

「……呃，他是誰？」

惠好像不認識橋本，向我確認。

「他是A班的橋本。我上次合宿跟他同組。」

橋本草草地和我打聲招呼，就往惠靠了過來。

「居然在這種地方男女密會，你真是不容小覷耶，綾小路。」

我知道他遲早會來接觸，但居然是這種時機嗎？

既然這樣，我也來利用他這次找碴的機會吧。

「我並沒有在做什麼——」

「別隱瞞了。今天是情人節，就算不是戀人的兩人密會也不奇怪。事實上你好像也有收到呢。」

他也有看見我收到就立刻放進書包裡的巧克力。

「我會收到巧克力也是偶然，不是刻意要見她的。」

就算我這麼否認，橋本也是嗤之以鼻，並識破了那些藉口。

「不對不對，你從一開始就知道會收到巧克力了吧？瞧瞧你那書包。」

「書包？」

「你明明就回了一趟宿舍，應該不會特地拿著學校的書包出門吧？」

「……不，我本來就打算去圖書館。只是在那之前就被輕井澤叫出來，所以我才會順便答應。事情的經過就是這樣。」

「換句話說……你說這是偶然嗎？」

我對橋本點頭，並從書包拿出兩本書給他看。

「不過，不論如何都一樣，因為你就是從輕井澤那邊收到了巧克力。」

就橋本來看，他是說——就算不是我主動接觸也好，重要在於我從輕井澤那邊收到巧克力的事實。

「我不太懂……這有什麼問題嗎？」

「綾小路的哪裡吸引妳呀？我只是很感興趣啦。輕井澤妳的前男友在學校裡也是以數一數二人氣為傲的平田喔。也就是說，妳不惜甩掉那個平田也要選擇綾小路吧？」

總之，他對於怎麼會演變成那樣很感興趣。

默默聽著大略經過的惠說道：

「啊——抱歉。那個呀，是你會錯意了。」

「會錯意？」

「沒錯。這個巧克力呀，我原本打算給平田同學。不過，總覺得丟掉也浪費，我才會想說就送給某個人，所以才會隨便選上綾小路同學。」

「那麼親暱地交出巧克力還叫做隨便嗎？抱歉，看起來實在不像是那樣，再說地點還是在這種地方耶。這就說謊來講，也有點太弱了。」

橋本說完就笑了出來，但惠對他那副模樣露骨地表示憤怒。

「啥？你突然冒出來講一堆有的沒的，到底是怎樣呀？」

惠忽然間露出充滿威嚇的眼神。

「我只是想知道真相啦。」

橋本有點被她震懾住了。

話雖如此，無法徹底瞞住不自然的部分也是事實。

因此，我便切換了方向。

能否巧妙配合我應該就會是惠的拿手好戲了吧。

「老實說出來會比較好吧，輕井澤。我覺得在這邊隱瞞，之後才會麻煩。被『那傢伙』認為我們正在交往才讓人傷腦筋吧？」

我這麼說著，把接力棒丟給她。

惠毫不猶豫地大口嘆氣。

「啊——真是的。我先說了，你可絕對不能把這件事情傳出去喔。」

她說完就指著橋本。

「我只是把巧克力託給綾小路同學。為了請他交給我喜歡的對象。」

「總之——你是說綾小路是中間角色？」

「沒錯。懂了沒？」

橋本表現出實在難以置信的舉動。

「既然這樣，那盒巧克力是要交給誰的？」

橋本繼續追問。

「啥？我怎麼可能跟初次見面的人講啊，你是白痴嗎？」

惠就像在激怒對方一樣，但那部分卻不像假的。

現在在這裡的是輕井澤惠塑造出的辣妹形象。

「那是——唉，也是啦。」

橋本略為吃驚地確認，後來還是抱歉似的低下頭。

「這又不是低頭就會解決的問題。真是求你饒了我耶。」

「……這樣啊。看來是我會錯意了呢，抱歉。我以為你們應該是互相喜歡，所以才會忍不住亂猜。」

「明明根本就不關你的事，你幹嘛闖過來啊？」

「關於那點，應該也不是無關吧。」

「啥？」

橋本朝著憤怒的惠走過去。

接著把她推到牆上似的用手臂將惠環繞在其中。

「我之前就覺得妳還不錯。妳就跟我交往嘛，輕井澤。我不知道妳新的喜歡對象是誰，但要是妳還沒送出巧克力，就表示妳還沒表明心意。沒錯吧？」

現在開始也不遲——他這樣強硬推銷。

「你在說什麼？……難道你覺得這種情況下我會說ＯＫ？」

「戀愛就是無法預期才有趣喔。」

他說完後，有一瞬間對我投以銳利的眼神。

說不定是想透過強行接觸惠，從我身上引出什麼情感。

「那麼，我要走了。」

「啥？等等，我也要回去了。」

惠強行推開橋本的胸口與他保持距離。

「真冷淡耶。」

橋本露出苦笑，但他好像再怎麼說都不會繼續使出強硬的手段。

倒不如說，感覺他已經對惠失去了興趣。

因為發生這種狀況，惠故意嘆了口氣就回去了。

「抱歉啊，在奇怪的時機打擾。」

「不，沒什麼關係。」

我和橋本一起走到往宿舍和學校的岔路口。

「話雖如此，你在戀愛方面也有各種辛苦的地方吧？」

「怎麼說？」

「我是說——你的那麼大，經驗不足的女人應該會無法承受啦。」

他捉弄我似的笑著，把手繞在我肩上，在我耳邊低語。

又是那種話題嗎……

「你別傻眼啦，這狀況可是有不少人都認為輸你一等喔。」

我一點也不開心。

倒不如說，好像還逐漸討厭起成為起因的合宿。

「所以啦，King，跟我交換聯絡方式吧。」

「如果你不會再使用那個突然取的綽號，要交換也是可以。」

「哈哈哈哈，不說了不說了。」

我決定跟一邊道歉一邊掏出手機的橋本交換聯絡方式。

「那麼，我今天也先回去好了。回頭見啦，綾小路。」

橋本如暴風雨般地現身並離去。

他是覺得這樣收穫就很足夠，還是感受到不得深究呢？

不論如何，橋本心裡都會繼續把我當成有嫌疑的吧。

如果繼續這樣下去的話——

我決定順道去圖書館見見應該正在等待的日和。

還有，我也必須見另一名約定要在學校見面的人物。

2

因為比預定時間還晚回宿舍，所以我沒辦法和那群人會合。

我七點前回來宿舍的房間，發現門前放了紙袋。

窺伺其中，就看見裡面放了兩個包裝不同的盒子。一個四角形、一個圓形。上面各自手寫了名字。那是來自波瑠加和愛里的情人節巧克力。

聊天室裡已經寫上了主旨，明人和啟誠都有收到同樣的東西。

我回到房間在桌上把巧克力一字排開。

「想不到會收到五個……」

惠、愛里、波瑠加、日和，以及另一個人給的巧克力。

綁著可愛的粉紅色包裝用緞帶的巧克力盒。

晚上十點過後，我就穿著附著帽兜的便服出來走廊。

然後搭進電梯。

電梯裡裝設的監視器沒辦法拍到我的長相。

這是為了萬一有問題也可以迴避麻煩。原本最理想的是在其他地方接觸，但如果她身體不適在休息也沒辦法。

這時段就算已經睡著了也不奇怪，但堀北有把一之瀨的聯絡方式告訴我，我是傳訊息確認她還沒睡才展開這些行動。

但我沒告訴她要過去她的房間。

我前往一之瀨那層樓並站在她的門前，按下了門鈴。時間經過十秒、二十秒。

裡面沒傳出聲音。我便再次按了門鈴。

一之瀨當然會對半夜的來訪感到很困惑吧。

三十秒過後，我出了聲。

「一之瀨，是我，綾小路。」

在超過門禁的時間一直待在這層樓會產生問題。

一之瀨也理解那點吧。

她不會選擇貿然讓對方置身險境。

「……綾小路……同學，怎麼啦？」

一之瀨的聲音隔著一扇門傳了過來。就我聽見的聲音，感覺起來很虛弱。

「咳、咳！」

室內隨後傳來咳嗽聲。只從聲音很難辨別她是否真的身體不適。

「我有些重要的事。我想直接進去打擾妳，不行嗎？」

「沒有啦……呃……」

「老實說，要是我現在被女生看見可能會變得很麻煩。」

我稍微強硬地推進話題。

「等等喲。」

她說完，室內不久後就傳來了開鎖聲。

打開門的一之瀨以情緒低落到令人難以置信的模樣現身。

「喵哈，你有點強硬耶，綾小路同學……」

她戴著口罩，身體狀況明顯很糟。

看來也不是在裝病。

「抱歉啊，這種形式確實很強硬，妳的身體狀況好像很糟糕。」

「嗯……我有點搞砸了……」

「抱歉啊，這種時候拜訪。」

「沒關係、沒關係。燒也幾乎退了。硬要說的話，現在感覺是睡太多，肚子空空的讓我很傷腦筋嗎？啊，還有抱歉，可不可以請你戴上口罩？」

「我不能把感冒傳染給你。」一之瀨說完就把口罩遞過來。

我的免疫力比較高，但也不是絕對的。要是我因為隨便拒絕而感冒，一之瀨之後應該會非常後悔吧。我在此毫不猶豫地同意，並先戴上口罩。

「那麼，妳去看過醫生了嗎？」

「我趁平日去過了喲。」

一之瀨因為謠言蔓延，所以才會裝病請假——

好像很多學生都這麼想，可是看來並不是那樣。

似乎無庸置疑只是搞壞了身體。

「你大概在擔心我是不是因為謠言而請假吧，謝謝你。」

「不……」

我的想法好像被看穿了。

「像這樣在生病期間見面的，綾小路同學可是第一個人呢。」

「這樣啊……」

「雖然這樣對我高燒時想來探病的女生們很抱歉，但我之前身體很難受，所以都只有打聲招呼請她們體諒。後來，其他朋友好像都以為我是情緒低落而有所顧慮。」

於是，就只有稍晚才來聯絡的我才會諷刺地變成她第一個見面的人嗎？

實際上一之瀨就是因為身體不適而請假，但考慮到她至今為止的行為傾向，想都不用想，她是那種就連管理身體狀況都會留意的人。再加上，通常本來就會希望避免在接近期末考時生病。這大概毫無疑問可以看成是因心靈傷害使免疫力低下所引起的感冒。

「我可不打算只因為那些謠言就請假。」

雖然偏偏本人沒承認那部分。

「真堅強啊。」

「該說是堅強嗎？……啊，抱歉。關上門會比較好呢。剛才這樣算是有通風過了，不過還真冷啊……你回去之後要確實洗手跟漱口喲。」

「好。」

為了防止乾燥，室內的加濕器正在運作。感冒病毒在低溫乾燥的環境下飄在空氣中的數量會增加。為此，製造提昇濕度令病毒容易落地的環境就會是首要之務。要是輕忽這個部分，感冒就會拖延下去，或大幅提昇把感冒傳染給探病者的可能性。冬天容易乾燥，所以感冒都會拖很久。這也是會變成這樣的主因。

最近常有女生來我房裡，或是我去女生房裡的情況，這些和戀愛完全無關也讓我覺得很不可思議。

「怎麼了嗎……？」

一之瀨覺得不可思議地看向盯著加濕器的我。

「在妳休息時打擾，真抱歉。」

「不會，沒關係沒關係。其實別讓你見到我會比較安全啦，不過我覺得姑且先讓你知道我是真的感冒會比較好。」

意思就是並非裝病請假嗎？

一之瀨應該也很清楚那種猜測傳開來了。

她證明似的把手機拿給我看。

其中也有她和堀北聯絡過好幾次的跡象。

也就是說，那傢伙以一直有用她的方式在擔心著一之瀨。

我沒有多談，決定算好時機立刻離開她的房間。

3

模擬考的日子到來了。

在全班都必須各自集中在考試的早晨。

教室裡不是清一色都在讀書，而是充滿著正在進行討論的學生。話雖如此，我也沒聽見單字或複習的聲音，全是些不相關的話題。

「真吵鬧耶。」

「這是當然的吧，因為今早聽見了很不得了的謠言。」

「不得了的謠言？是和一之瀨有關的後續消息嗎？」

「不是，那是為了讓我們C班內部混亂的新謠言。」

「新謠言啊……」

看見慌張不沉穩的教室，事情明顯非同小可。

「順帶一提，你也不是毫不相關，綾小路同學。」

堀北說完之後，就向我出示手機畫面。

記事本裡寫著四個謠言。

「這還真是——」

・綾小路清隆對輕井澤惠有好感。

・本堂遼太郎只對胖胖的女生感興趣。

・篠原皐月在國中時期賣過春。

・佐藤麻耶討厭小野寺加也乃。

謠言內容的性質都很類似，包含我在內的四個人名被當成了攻擊的對象。

「這消息是哪裡傳來的？」

「你知道學校準備的各班討論區嗎？」

「好像是應用程式裡有的那個東西，對吧？」

例如像是在查詢餘額時，就要從學校製作的應用程式裡登入。那裡面有學生們可以自由利用的討論區。但因為手機裡有各式各樣方便使用的聊天應用程式，所以那裡百分之九十九是不會被利用到的東西。

「居然能發現啊，是誰最早發現的？」

「我來教室時就已經傳開來了呢。大概是這當中的某個人在應用程式裡偶然發現的吧。畢竟討論區只要更新後就會通知我們。」

不只是給班級使用的討論區，也有許多只是為了拿來閒聊的討論區。因為任何人都可以連進去，所以這些謠言也很可能被別班看見。

「妳不覺得這跟直到上次為止的手法都不一樣嗎？」

「不論犯人是同一人物還是不同人物都好，散布的方式都有無數種。就算思考手法不一樣也沒用吧？既然都像這樣寫上去了，對方就沒辦法徹底隱瞞身分。」

「不過——」堀北這樣鋪陳。

「以防萬一，我要先問你，這是真的嗎？」

「這不是真的。」

我立刻否認。

「說到底，很少人知道我跟輕井澤擁有算是會交談的關係。」

「你有聯想到什麼嗎？」

「也不是沒有。」

我重點式說明昨天和橋本見面時的事情。

「既然散布一之瀨同學謠言的很可能就是橋本同學，就算他散布你跟輕井澤同學的事情也完全不會不可思議。」

「不過，其他人又怎麼樣呢？確認的方式很有限。」

「是呀……」

根本沒有學生能直接確認謠言的真相——

「喂，篠原，妳以前有在賣春喔！」

不會看氣氛的山內邊笑邊喊出那種話。

「我、我才沒有！」

篠原急忙站起來全力否認。可以從她的表情看出難為情與憤怒。

「那妳拿證據給我看啊。」

「你說證據……是要我怎麼證明啊！」

覺得謠言很有意思的人向後續進來教室的學生們宣傳。

雖然這是遲早的問題。

「如果你說這是假的，那意思就是這裡寫的全是謊言、捏造出來的東西嗎？」

堀北在看著山內與篠原的同時跟我如此確認。

「誰知道……只能像山內那樣逐一向被指名的學生確認吧。」

然而那種揭開別人想隱瞞的傷口的舉止，普通人是辦不到的。

「你是白痴嗎！居然被連是誰寫的都不知道的謠言牽著鼻子走。」

篠原會生氣地向山內否認也是情有可原。

被寫出這種事情還能保持平靜才教人驚訝。

「可是呀～不覺得寫在這裡的東西都很有真實感嗎？」

「你啊，別這樣啦，春樹！」

面對山內毫不留情地追問，池來到他身旁抓住了他的肩膀強行阻止。

「幹、幹嘛呀，篠原平常都好像很自以為是，這不是報仇的大好機會嗎？」

「你說報仇……這種東西當然是假的吧！」

「很難說喔。那種長得有點醜的女人，其實都意外地會做些壞事。」

山內完全不顧池的心情，喋喋不休地這麼說。

「啊，原來是這樣。畢竟你也滿喜歡篠原的，雖然你不想承認——」

「春樹！」

池揪起山內的胸襟。

「住手啦，你們！」

須藤看不下去這種狀況，於是靠蠻力將兩人分開。來到教室的平田馬上就察覺到氣氛不對，

所以也靠了過來。他從女生那邊了解情況，接著確認了謠言。

山內把目標從矢口否認的篠原變更成其他人。

「那麼，本堂～你真的只愛胖子嗎？」

山內把矛頭指向本堂。

「不、不是！才不是！這種謠言全是騙人的！欸，綾小路，你也不可能會喜歡輕井澤吧！」

本堂當然也否認了謠言。接著逃避般地向我尋求幫助。

視線一口氣集中了起來。不過，幸好惠的那一團幾乎都還沒來學校。

我點頭後，「看吧？」本堂就這樣喊著回覆山內。

「呿，什麼啊，都是騙人的喔。」

在三人都否認這三起謠言，事情稍微要平息的時候——

「可是呀……佐藤同學，妳應該不太喜歡小野寺同學吧？」

前園脫口說出這麼一句。或許就是因為小野寺還沒來，她才會不由得說出這句話。

「欸，別、別這樣啦，前園同學！」

佐藤連忙打算阻止前園的發言，但已經太遲了。

「話說回來，我都不會看到佐藤跟小野寺一起玩耶。」

「那——那是——」

狀況逐漸變得或許無法以「謠言是假的」就能解決。

須藤在這種情況下確認池和山內分開了以後，就看著堀北和我走了過來。

「綾小路，你真的不喜歡輕井澤嗎？」

須藤問了我這種問題。

「嗯，謠言是錯的。」

「哦——雖然對我來講，是真的也沒差。鈴音。」

「什麼事，須藤同學？」

「呃，我剛才稍微聽見了你們的對話內容。如果不嫌棄的話，我願意幫忙。」

「你這話的意思是？」

「因為我很粗線條。要像春樹那樣毫不顧忌地到處問也可以喔。」

他這麼提出。

雖然這次的事情在出發點的意義上，或許可以把須藤當作武器利用……

是說，既然他有聽見內容，那應該也有聽到我否認惠的那件事。

「別做出自行降低別人對你評價的行動。如果是你的話，周圍對你的評價不高。你現在是要為了盡量提昇評價而努力的時期。山內同學因為不謹慎的發言，好像也大幅降低了在班上的地位……」

感覺山內一口氣超前了原本在班上仇恨值最高的須藤呢。

最重要的是，原本跟山內感情最好的池也傾瀉了怒氣。

「或許是這樣啦……但我很希望自己派上用場。」

須藤有一瞬間往我這邊看，但馬上就撇開了視線。因為他隱約察覺到堀北應該會找我做各種商量。當然，他應該也知道我們的關係只是因為坐隔壁才容易交談吧。

「既然這樣，你就先去看著別讓山內同學失控。要是有任何一則正面的流言就不一樣了，但這次全是就個人來講是真相就很棘手的謠言。本堂同學在精神上應該也受了傷，我想麻煩你照顧他。你辦得到吧？」

「……也是。」

須藤好像覺得有點遺憾，不過還是老實地遵從了指示。

堀北確認須藤離開後，就重新回到剛才偏離的話題。

「這恐怕也是坂柳同學的招式之一吧。她只有一之瀨同學還不滿足，甚至還對我們C班發起了相同的手段，而且是同時好幾個人。我覺得她是要讓我們對期末考感到動搖……怎麼辦才好呢？」

「什麼怎麼辦，難道還有辦法對抗這些謠言嗎？我們越是全盤否認，就越會勾起周圍去想像這是否為真。話雖如此，就算承認，周圍也會不停地在私下說『原來就是那樣』。我的謠言類型算是還好，但每個學生情況都不一樣，謊言被當真的損傷可能也會相當大。」

「……是呀，或許如此呢。」

她是把狀況切投射自己身上了嗎，堀北也一邊看本堂和篠原，一邊同意似的點頭。

「不過，這在某種意義上是很犯規的招數呢。這種招數有辦法抵抗嗎？」

「不知道耶。」

「火苗都濺來自己身上了，你還打算一直徹底靜靜旁觀啊。」

「這算不上是火苗。不過，雖然就輕井澤來看，這毫無疑問會是火苗呢。」

「總之，你沒事嗎？」

「嗯，我沒事。」

總覺得，她說不定是想看看我驚慌失措的模樣。

我看見堀北難得好像有點遺憾的表情。

「話說回來，幸好至少情況不是顛倒過來的呢。」

顛倒——若是狀況顛倒，也就是說謠言內容是惠喜歡我。如果是被散布跟平田分手就馬上喜歡上其他男人的謠言，假如變成這樣，就會有各式各樣的猜測四起。

就算不是事實，也會有某人認定就是事實。假的都會變得是真的。

「不過——我沒辦法一直像你那樣靜靜旁觀。」

「也是。」

如果放著不管，這麼大的騷動火勢很明顯會蔓延開來。

山內打算再次對篠原或佐藤說話，不過平田阻止了他。

「山內同學，就算那些事情寫在討論區上，也不一定就是真的。至少夥伴間互相傷害是不對的吧？」

「但這就跟一之瀨的謠言一樣，所有人都已經知道了吧？這樣我們悶不吭聲，不就跟她一樣了嗎？」

「也無法這麼斷言，至少就現狀來說還不知道。就是因為這樣，我認為現在能做的，就是行為上不要被這種謠言擾亂。」

沒錯──男女都因為平田的意見而強烈地表示贊同。當然，一切不會這樣就解決吧，可是他至少還是暫且壓住了騷動。

有封訊息傳到了堀北的手機。

「是神崎同學傳來的。」

堀北說完就瀏覽了訊息。

「看來一之瀨同學今天也請假。」

通常模擬考當天身體就算稍有不適，也會想兼著確認自己的實力前來應考。再加上一之瀨是班級領袖，肩負引領夥伴們的職責。不過看她昨天的樣子，沒有痊癒好像也是情有可原。

「還有另一件事……B班的討論區好像也寫上了謠言。」

「這就表示他們也有發現我們討論區上的留言，對吧。」

「好像是。」

堀北趕緊登入程式確認B班的討論區。於是，就看見那裡也寫上了四個人名，以及跟C班很類似的謠言。而且D班的討論區也一樣。

「真貼心，就只有A班沒被寫上謠言呢。放學後可以借個時間嗎？我想先詳細了解她的事情，也想商量這個討論區的應對之策。」

「好啊。」

我先向堀北表示了同意。

「先暫時專注在模擬考上吧。這是確認期末考難度以及掌握班級狀況的寶貴機會呢。」

不過，被傳謠言的人與不屬於被造謠對象的堀北不同，他們可沒辦法這樣。

惠還有跟她感情好的女生們到校後，就在附近集合說起悄悄話。

接著觀察我這邊的情況。那些眼神簡直就像在看髒東西。

我就算沒有直接聽見內容也明白。

『聽說綾小路同學喜歡妳喲。』

『欸，妳覺得怎麼樣？欸，輕井澤同學？』

她們正展開這種對話。而惠一定正在逐一舉出像是「噁心」、「糟透了」之類的字眼吧。

「你應該沒差吧？」

「……好像還滿難受的。」

要是繼續看過去可能會直接聽見那些對話內容，所以我決定不那麼做。

問題在於除了我以外被指名且散布流言的學生們吧。

4

儘管班上還留著漠然的積怨，模擬考還是如期舉行了。

這是著眼在學期末的重要時刻。

模擬考的內容就算跟目前為止的考試相比，難度也偏高。屬於高難度。

不過，那些也確實是至今有踏實通過考試的學生可以從容應對的內容。反之，勉強冒險走來的學生在這場模擬考之後就需要密集讀書了吧。

綾小路組有讀書會的邀約，不過我今天要陪堀北，所以就聯絡他們先開始進行讀書會。神崎好像不喜歡引人注目，所以變成是結束模擬考的放學後約在櫸樹購物中心集合。

我就像是被堀北引路似的來到神崎身邊。地點是櫸樹購物中心的南門旁。

這裡是離學校最遙遠的地方，學生大致上不會靠近這裡。

我對班級鬥爭沒興趣，但身為朋友，我也不是不擔心。

先聽聽消息也相對地不是件壞事吧。

再說，也因為我最近一直被橋本盯上。

我要是接觸B班的話，A班的黑影也勢必會靠過來。

對我來說，那是我期望的發展。

事實上，橋本也一邊和我保持適當距離一邊跟到了這裡。

「她連續請兩天假，而且你還聯絡不上一之瀨同學本人嗎？」

「她只是回得很慢，不是沒有反應。我只有收到感冒生病了的告知。」

最近神崎好像沒解除神經兮兮的緊張狀態。他應該有被一之瀨反覆交代別放在心上，可是他大概還是沒辦法乖乖待著吧。

雖然生病實際上也是原因之一，但現在一之瀨對於與同學見面的態度很消極，她不願意被提及有關謠言的事情。

「班導有說什麼嗎？」

「也是類似的內容。老師只回答是因為感冒才請假。」

老師也從一之瀨那邊收到了相同的知會吧。

神崎的表情會這麼陰沉，就是因為他很懷疑一之瀨請假的理由是否真的是感冒。最近一之瀨一直處在謠言的漩渦中，他在想那會不會才是原因。

「你去探病了嗎？直接見面可能就會很清楚了。」

「班上好像有好幾個女生去拜訪過她，但聽說都沒有直接見到面。」

堀北理解狀況不理想，於是也陷入了沉思。

「要說有值得慶幸的，就是她在學力上很優秀的部分呢。就算不考模擬考，恐怕也不會造成不便吧。」

像一之瀨那樣生病的學生可以在事後收到題目，也可以請其他學生把解答告訴她。

「那點我們也不擔心。我們在意的只有一之瀨的心靈層面。」

堀北與神崎。

在他們為了定下對策而思索的時候，好幾個人影接近而來。

看來這場密會，橋本好像去做了報告。

「一之瀨同學今天好像也請假呢。下週末就是期末考了，假如她到那天為止都長期請假……說不定就很不妙了呢。」

「……坂柳。」

坂柳與其說是出現在我們面前，倒不如說是現身在B班神崎的面前。其中也有神室與橋本的身影，而叫做鬼頭的男學生也有同行。

那就是坂柳派系的主要成員嗎？

「你究竟和C班的那些人說了什麼呢？」

「這與妳無關。」

「我們好像不受歡迎耶。」

「妳想受歡迎，就不要到處宣揚種種奇怪的謠言。趁事情變得無法挽回之前。」

坂柳與同班同學對視，接著噗哧一笑。

「你到底在指什麼呀？」

「就算妳散布了好幾則謠言，B班的團結力也不會動搖。」

「雖然我不知道你們正處在什麼情況裡，不過我會期待的。」

她只是來直接觀察情況而已。不過，她似乎判斷這麼做，效果將會立竿見影。

「別放在心上，神崎同學。這一切都是坂柳同學的作戰。」

「我知道。」

神崎有著替夥伴著想以及內斂的性格。因此，這會是個讓他很苦惱的兩難窘境。

5

就算學校下課了，謠言的散布也不會停止。

『欸、欸欸欸欸！這怎麼回事啊，清隆！』

我回到宿舍休息時，惠打了電話過來。

「妳說怎麼回事，是指什麼？」

雖然我知道，但還是姑且反問。

『什麼指什麼！現在清隆，那個，喜、喜歡我的謠言，可是傳開來了耶！』

「那是謠言，妳別放在心上。」

『不、不不不，應該說不能因為是謠言就不放在心上嗎？怎麼會變成那樣呀！』

這種音量連耳朵深處都會刺痛。我暫時讓手機遠離耳邊。

並且把指尖按著降低音量的按鍵進行調整。

「這說不定是橋本散布的謠言。還是說，有其他學生在看著我們嗎？」

『咦咦咦～～～！』

惠小聲地慘叫。

「不過，這樣不是很好嗎？要是顛倒過來才糟糕吧。」

『顛、顛倒是指？』

「如果謠言是妳喜歡我才棘手吧。妳才剛跟平田分手，我覺得奇怪的猜疑應該會比我的還要誇張喔。」

『……或、或許是這樣啦……』

「放心吧，謠言之類的馬上就會被淡忘。」

『真的嗎？』

「話雖如此，拜這則謠言所賜，今後我也可以說是變得比較容易接觸妳了。因為就算我要跟妳搭話，也可以讓別人認為『原來是這麼回事啊』。」

意思就是說，這要端看別人怎麼解讀。

我本來就不打算在顯眼的地方跟她說話，不過這也會成為到時的保險手段。

『不不不不不不。』

這次她又反覆說出了比剛才還要多的「不」。

『我們兩人待在一起時，不是會被別人用超怪的眼光看著嗎！絕對會被別人盯著看！』

現在流行重複講一樣的話嗎？這種語氣實在是很奇怪。

跟著我的橋本也被間接地灌輸了那種資訊。

「總之，這件事不用放在心上。」

『就算你說不用放在心上……我還是不行啦！』

漫長沉默過後，她似乎判斷這樣還是很困難。

惠碎碎念了一段時間，不久之後就放棄似的掛斷電話。

6

事態開始目不暇給地推進。

在沒有特別考試，該專注在學期末三月下旬舉行的筆試的這時，情勢十分波瀾起伏。在模擬考結束過後三天的三月十八日星期五。

在距離學校用地有段距離的地方，除了B班之外聚集著三個班級的學生們。

雖然平田也有採取行動在緊要關頭控制散布出來的新謠言，可是那些努力也是白費工夫，謠言轉眼間就傳了開來。

討論區上唯一沒被寫下謠言的A班也已經掌握到別班的消息。

「嗨，石崎。你說想談談，究竟是有什麼事？」

A班橋本詢問石崎，他的樣子就跟平常沒兩樣。

「什麼叫有什麼事啊，橋本？你連鬼頭都帶來了，是想幹嘛？我說過要你一個人過來耶。」

「你不是也把阿爾伯特帶來了嗎？這是為了以防萬一呢。」

籠罩著彷彿讓人皮膚灼痛般的氣氛。

這狀況實在不讓人覺得他們前不久為止還在合宿上共同生活過，但這也理所當然。

「我們今天是來討論的。沒錯吧，石崎同學？」

D班除了石崎與阿爾伯特之外，日和跟伊吹也參加了。

「只要他們不鬧大就沒關係吧。」

「可是……」

日和會擔心也是難免的。

因為她認為這些成員不太可能不引起任何事端。

「不過，這組成是怎樣啊？你居然也把除了我們以外的人叫了出來。」

橋本看著我們，傻眼地嘆氣。

「我哪知道，不是你把他們叫來的嗎？」

D班和A班都覺得我們C班的存在很突兀。

「就跟你說的一樣耶，綾小路。」

這麼來搭話的，是旁邊站著包括明人在內的綾小路組。

是群為了開讀書會而正要到咖啡廳集合的人。

「我是因為想起了神崎和橋本起糾紛時的事情，而且『偶然』看見那些傢伙從校區離開，所以才覺得或許……」

我感受到危險的氣氛並告訴明人，他就立刻前來會合了。

不過，我沒料到波瑠加、愛里、啟誠也會跟過來。

「這些組成比上次更有模有樣，也許真的會成為一場騷動耶……」

「啊——真是的，為什麼老是不斷發生這種險惡的情況呢？」

屢屢遇上這種場面的波瑠加傻眼地說。

「算了，沒差，不管是誰叫來的都無所謂。告訴我有什麼事吧，小椎名。」

「是有關謠言的那件事。那是你們A班散布的消息，對吧？」

日和好像是判斷交給石崎場面會變得氣勢洶洶，所以才這麼說。

「喂喂喂，那種事情妳怎麼會問我們呀？」

「那種事情——！」

「請交給我，石崎同學。」

日和溫柔地制止打算順著憤怒講話的石崎。

「聽說神崎同學看見你在散布一之瀨同學的謠言。」

「那傢伙也真是多嘴耶。還是說，妳是從那邊的兩位聽說的呢？」

他是指之前有在聽神崎和橋本對話的我和明人。

「請你回答我，橋本同學。」

日和沒看向我們，而是問著橋本。

「……因為在那邊的綾小路或三宅都知道，所以我就老實說了。我只是不知從何處聽說了一之瀨的謠言，因為很感興趣才說給其他人聽而已啦。」

橋本當然不會承認那件事實。

「這種藉口還真方便。你以為那種藉口還管用啊？」

「藉口？那是事實。不過，若要說出於興趣宣揚不好，那應該是不太好吧。不過這還真奇怪呢，D班應該跟這毫無關聯，結果居然大搖大擺地出現在這裡。」

態度開朗卻露出銳利眼神的橋本繼續說下去：

「莫非……散布之前那些謠言的是你們D班嗎？」

「別開玩笑了，我們已經知道是坂柳讓那些謠言傳開來的！」

「別片面斷定啊。我們的領袖確實好戰，也會不知不覺出言挑釁一之瀨，我不是不懂你會想要加以解讀並斷言她就是謠言根源的心情，但這些事情與我們無關。實際上你也沒有證據吧？」

石崎聽見橋本這些話而感到焦躁，可是他說得也沒錯。投入信箱的信件、寫在討論區上的謠言，目前為止都沒有確鑿的證據指出犯人就是坂柳。即使很清楚八成就是如此也一樣。

「也就是說，今天這場面就是為了要逼問這件事嗎？但我都不知道耶，你們D班居然會支持一之瀨。」

面對盯著自己的石崎等人，橋本也理解似的吐了口氣。

「你要巧妙地掩飾也沒用。你們不只是一之瀨，竟然還滔滔不絕地散布我們的謠言。」

「原來如此，果然是這樣嗎？什麼一之瀨的根本就無所謂吧？你是在不爽D班被散布那些真假參半的消息與謠言吧？聽說你『對小學生惡作劇而且被送入輔育院』呀，石崎？」

我可以知道石崎在被這麼刺激的瞬間理智斷線了。

日和急忙抓住石崎的手臂，制止就要撲過去的石崎。

所謂的「對小學生惡作劇並且被送進輔育院」是寫在討論區上的「謊言」之一。

石崎被造這種謠言不可能不生氣。

勢必會變成這種狀況。

橋本沒作罷並且繼續說了下去：

「居然列出那種謠言。不只是一之瀨那件事，你說說看我是怎麼調查到各種學生的謠言呀。」

「別開玩笑了，橋本！」

「慢著，石崎！」

明人認為憑日和無法完全制住，所以連忙阻止石崎。

「不要阻止我，三宅！我怎麼能讓A班繼續恣意妄為！我要打飛他！」

「不要這樣啦，石崎，受傷的會是你喔。你對打架很有自信吧，不過我們也滿會打的喔。」

鬼頭靜靜向前踏出一步，對石崎和阿爾伯特握拳。

他表現出那種視情況而定，就算在這種地方也會應戰的樣子。

「都住手啦，你們也知道這間學校對打架騷動管得很嚴吧。」

遠遠圍觀著的明人叫他們冷靜。

「那都是之前的事情了呢。」

「之前？」

「聽說這次的學生會長會對一點小糾紛睜隻眼閉隻眼喔——」

橋本拉近距離，對石崎踢出右腳。明人以左臂接住那擊。

「唔……哈，真的假的。真的做什麼都可以嗎，那個學生會長？」

單憑橋本的一句話，無法斷言「解禁打架」為真。

正因如此，他才會透過先發制人證明這點給大家看。

「你很行嘛，三宅。難怪會插嘴阻止我們打架。」

橋本往後退，再次保持了距離。

比剛才更讓人緊張的氣氛逐漸支配了這個地方。

「不可以打架。」

「我知道啦，我不是為了打架才來這裡。剛才我是為了證明我也有力量自衛。」

「……我可以相信你吧？」

橋本看著日和的雙眼點頭，但誰都不打算相信他。

「夠了吧，日和。這些傢伙會若無其事地說謊。散布謠言的怎麼想都是A班。證據就是只有A班沒有成為謠言的對象。」

「那是……正因如此他們也可能不是犯人吧？」

「小椎名說得沒錯。如果是我們散布謠言的話，為了不遭人懷疑，就算是A班的討論區，我們也會列出隨口胡謅的謊言喔。」

「這很難說吧。就連散布一之瀨謠言的事情，我也不認為全A班都知道坂柳就是罪魁禍首。要是在這種狀態下A班被散布謠言，大家當然都會很混亂。」

對明人指出這點，橋本嘆了口氣。

「那種推理並不是說不通，但這樣是惡魔的證明。」

就算極度懷疑也沒證據。要證明清白也很困難。

「對這種傢伙，就只能靠拳頭問出真相。」

「喂喂喂，別這樣啦，小伊吹。我們爭論也不會有好處喔。」

「是你先來找碴的，居然還叫我別這樣。你真會講好聽話。」

「這與我們無關啦，妳就相信我吧。」

橋本說完就笑了出來，但伊吹的臉上完全沒有笑容。

倒不如說，光是要按捺怒火似乎就已經竭盡了全力。

伊吹也跟石崎一樣被散布了意想不到的「謊言」。

「你啊，是不是因為龍園不當領袖……所以就小看了我們？」

石崎好像已經忍到了極限，他推開明人走到前面。

伊吹配合石崎似的站在橋本和鬼頭面前。

「不不不，真的等一下啦。」

「一之瀨的謠言，還有針對我們的謠言。你叫坂柳針對這兩件事情道歉。」

「你們誤會了，那不是我們散布的。」

「別笑死人了！」

石崎卯足全力踹了欄杆。

橋本也漸漸理解狀況已經變得無法收拾。

「……要不然，你打算怎麼辦？」

「那還用說，我要靠蠻力讓你住嘴。」

「你真的想打嗎？」

「嗯。不想要那樣的話，就立刻消除謠言。」

「我說過好幾次了，那不是我們散布的啦。」

橋本也知道就算那樣說，他們也不會輕易接受。

要在坂柳等於已經向一之瀨宣戰的狀況中證明無罪是很困難的。

橋本一度緩下了嘴角。

「你笑個屁。」

「抱歉抱歉，因為我實在是無法理解。」

既然不認同謠言出處就是坂柳，就只能嚴正拒絕石崎的要求。

「那就直接讓我跟坂柳談。」

「你？不要吧。」

「她不可能會理你。」橋本揮了揮手。

石崎也正是清楚這點才會找橋本談吧。

「鬼頭，或許只能打一場了呢。」

橋本推測氣氛的走向，心裡有種不會靠對話結束的預感。

鬼頭好像已經做好心理準備，他慢慢擺好架式，隨後——

「喝！」

石崎擒抱鬼頭似的撲上前。

伊吹更是在石崎一旁猛撲般地踢擊。橋本連忙避開。

「真危險！」

伊吹猛然跳出去，因此手機與學生證都從她口袋中飛出散落在地上。

橋本理解那一招比想像中還要快速且強力，在表示敬意前就說出了心中的危機感。

「小伊吹也很習慣打架呢……我都忘了。」

「你們住手啦！」

明人邊撿起滾到他附近的手機，邊這麼喊道。

但D班沒有打算停下來的跡象。

就算手機會受損，他們看起來也沒有動搖。

我把手伸向伊吹掉在我腳邊的學生證。

不經意地把視線落在那張學生證上。

那裡當然拍出了冷淡、毫無笑容、表情僵硬的伊吹。

不過——

我看見「某處」，發現了一件事。

「怎麼回事……？」

「你是指？」

在旁邊聽見我低語的啟誠這樣反問，但我馬上就左右搖頭。

我暫時把伊吹礙事的學生證收入口袋。

「不，沒什麼。比起這個，先阻止打架好像比較好。」

「你說阻止……要怎麼做？」

二對二的局面已經完成，第二回合正要開始。

「對呀，先別這麼做。」

「很危險喲，清隆同學……」

波瑠加和愛里也建議我別這麼做。

「……是啊，先交給明人好像比較明智。」

明人現在正為了阻止下一波衝突而介入。

「別妨礙我啦，三宅！」

石崎想靠蠻力推開他，明人卻抓住了那隻手，把他強行壓倒在地。

「你這傢伙，放開我！」

「抱歉啊，石崎，雖然我不討厭你這種人。」

「別礙事！」

伊吹瞄準明人的頭部踢過去。

明人急忙離開石崎，雖然在千鈞一髮之際避開，但還是失去了平衡。

阿爾伯特的大手接著捉住了明人。

「你先制住他，阿爾伯特。」

「咕……」

既然被阿爾伯力的怪力從上方壓住，就算是明人也無法抵抗。

就D班立場來講，他們判斷只要製造出二對二的局面就不會輸。

「伊吹！」

在石崎喊叫的同時，鬼頭的手前來瞄準伊吹的脖子。

「別小看我！」

伊吹迅速對那招做出反應，踹開了鬼頭的手。

「真的打起來了耶……怎麼辦？」

我們四人靜靜地觀察，根本就無法阻止。

「既然開打了也沒辦法，但有C班的人在場會很麻煩呢……」

橋本注視著爬起來的石崎，也往我們這邊看了過來。

「雖然會來到這邊是偶然，但我還是有話要說。我們的夥伴綾小路……就跟石崎他們一樣，也成了謠言的目標對象，我可是很火大呢。」

啟誠這麼說完，愛里也在隔壁猛烈地點頭。

「哈，這麼說也是耶。喜歡輕井澤，這種謠言不是很可愛嗎？」

「一、一點也不可愛！」

文靜的愛里也難得大聲反駁。

我也配合她似的對橋本說：

「雖然我很不想說這種話，可是我也在懷疑你，橋本。」

「……也是。畢竟看見上次你跟輕井澤密會的就只有我吧。」

「密、密會？」

愛里轉身過來，而且不只是她，波瑠加也看向了我這邊。

「完全沒有任何奇怪的事情。」

「真的嗎？可、可是，清隆同學，你最近跟輕井澤同學稍微給人有種感情不錯的感覺……」

愛里既然都會好好觀察我，那點事情她也會知道呢。

然而，讓橋本聽見這段對話非常重要。

我跟惠的關係，必須讓橋本知道——知道的人就是會知道。因為在被給予中間人轉交巧克力職責的大前提上，如果我跟惠沒有一定的親密關係，這就不會成立。

橋本一副就是為了要測試我的同學會如何理解我跟惠的關係。

就是因為他很優秀，他才會自己關上釐清真相的可能性。

明明就盯上了我，還打算引出我說不定是清白的證言。

結果，他對我的懷疑就逐漸淡化了。

「現在我才是你的對手吧，橋本！」

「真是的……變得真棘手。」

「不要再打了，石崎同學。至少我不會允許。」

日和語氣強硬地這麼對石崎放話。

他無法無視這點，便傷腦筋地回頭。

「可、可是啊！」

「就算你在這邊打贏橋本同學他們並強行讓他們自白，這也不會成為證據。關鍵的坂柳同學恐怕也會矢口否認吧。你沒辦法讓她承認，光有這件事實不就夠了嗎？」

「妳是要我跟伊吹都忍氣吞聲嗎？」

「雖然說法會比較嚴苛，可是沒錯，現在就請你們忍耐。」

「是妳把我們帶過來的吧？結果妳卻叫我們忍耐，這不是很奇怪嗎？」

「我一定會讓他們遭受報應。」

橋本聽見這番對話，深感興趣地吹了口哨。

「這就代表著安排這場面的不是石崎，而是小椎名呀。」

「阿爾伯特同學，也請你放開他。」

她這樣指示之後，阿爾伯特就慢慢鬆開了拘束。

「也驚動了C班的各位。」

她說完，就深深低下了頭。

「要就這麼結束也是妳單方面的說法呢。那我們被懷疑、被打的損失呢？」

「你就不能原諒我們嗎？」

日和正面接下橋本的話。橋本應該也心知肚明繼續拖下去沒有任何好處。

「算了，畢竟也沒有受傷，這次就這樣結束吧，鬼頭。不過，別再繼續貿然懷疑我們了。要懷疑的話，就要拿出確實的證據喔。」

雖然勉強在變成大混戰以前收拾了事態，可是這下子A班和別班的鴻溝也已經演變到了不可能修復的地步。

7

那天晚上，我打給了堀北學。

『你居然會聯絡我，偶爾也是會有稀奇事發生呢。』

「我有件事情想問你。」

『什麼事？』

我向他報告看見某兩名學生的學生證之後注意到的地方。

『應該不是你多心呢。』

他好像也是第一次聽說，因此反應很驚訝。

「你那種說法的意思是學生會……不，意思是沒有先例嗎？」

『沒錯，雖然那也得排除不只是失誤的狀況。』

當然不能排除失誤的可能性。

不過，確實也不太可能發生這種失誤。

『這所學校當然每年都會嘗試變化與進步，而那個「現象」應該也是有意義的。對於比任何人都早發現的你而言，這很可能遲早都會派上用場。』

可以的話，就算那天到來，我也希望可以不必派上用場就解決。

『你們一年級可能再一場考試，一個年度的特別考試就會結束了吧。』

會說「你們」一年級，代表三年級跟我們的狀況不一樣嗎？

『這只是到前年為止的事情，所以沒有確定性，不過如果按照以往，三年級還會有兩次以上的特別考試機會。』

「對你來說，這會是接連的災難呢。」

如果南雲率領的全體二年級都支持三年B班，他就絕對無法說是在安全範圍內了吧。

『這確實是無法讓人預判的狀況，但也不是你需要放在心上的事情。』

真不愧是前學生會長，他好像不認為自己的狀況是絕境。他有能力打破現狀且戰鬥下去。我感受到了他的那種自負。

不過，那完全只限於堀北學一人的情況。

就像橘茜被盯上一樣，南雲會瞄準他可以擊潰的地方。

『你現在該擔心的是整個一年級。』

「如果他有學生會撐腰，似乎也可以掩蓋一定的事實呢。」

『嗯，那是有可能的。當然，學生會要是做得太過火，也可能失去校方的信任，並且遭到強制性解散。但畢竟他是南雲，應該會巧妙地周旋吧。櫛田的事情沒問題嗎？』

「那件事情解決了。」

『這次擊潰一之瀨的事情，你好像也有在背後做些什麼呢。』

「我會再聯絡你的。」

我問完應該問出的事，就結束了通話。

8

接下來，轉眼間就經過了好幾天。

漩渦中的人物一之瀨，在這段期間一直請假，不曾在學校現身。

然而，今天是距離期末考終於只剩下一天的二月二十四日。

一之瀨終於來上學了。雖然我沒有直接見到她，但她已經一個星期以上沒在學校出現，一直有許多人注意著她的動向。消息馬上就傳了過來。

話雖如此，那也只對B班來說重要。對C班來講，重要的是明天就要到來的期末考。

「好。綾小路、明人、波瑠加、愛里，你們都準備充足了。」

午休，我們上課前在啟誠的書桌周圍集合。

為了核對啟誠幫我們製作的模擬試題的結果與答案。

那是他為了測試實力而在晚上自主替我們準備的題目。

「唔哇，小清考九十分，很厲害嘛。」

波瑠加邊吃三明治，邊驚訝地說道。

「因為啟誠幫我們做的考題很完美呢，妳也差不多吧？」

雖然三人的成績有點參差不齊，但大致上都落在八十分前後。

「模擬考以及我做的模擬試題都可以答成這樣，考試一定沒問題。」

「如果可以得到啟誠的保證，那就可以輕鬆考過了呢。」

明人這次好像也鼓足了幹勁，他轉了轉僵硬的肩膀。

「真的很謝謝你，啟誠同學，因為我每次考試都會很不安……」

「不會，我能做到的也只有這點事了。」

啟誠有點難為情地用食指輕搔鼻子上方。

「不過，今天真的可以什麼都不用做嗎？」

「因為這個星期花了相當多時間在讀書上。我希望你們在最後一天刻意休息，至今謹慎學習的知識不會輕易消失。比起讀書，勉強自己弄壞身體，而在正式考試上被睡意襲擊才危險。要是累積低級失誤導致成績降低，可就浪費了呢。」

「了解，我會遵從小幸的指示。」

波瑠加一行人做出謎樣的敬禮，並乖乖地點了點頭。

磅！——教室忽然響徹猛然開門的聲音。

「各位，事情不得了了！」

在大家打算慢慢解決午餐的這個時間點。

「唔哇，糟透了……」

波瑠加好像嚇了一跳，她手上拿著的三明治不小心掉到了地上。

「欸，你幹嘛呀？」

波瑠加明顯很不高興，而怒瞪著進入教室的池。

「是祭典喔！祭典！聽說現在A班那些人闖到B班了！」

他說出這番話。

「隨著一之瀨同學的回歸，坂柳同學也展開行動了呢……」

在同間教室吃午餐的堀北急忙站起，她沒來叫我就跑出了教室。看見這種情況的須藤跟平田也接著堀北離開了教室。

明天就是期末考了。

因為要做最後一道準備就只有這天了呢。

她為了確實擊敗回歸的一之瀨才會直接發動攻擊。

「怎麼辦，明人……」

「只能去了吧。如果又變成像上次那樣的話，就需要有人阻止。」

「是啊。」

「但波瑠加跟愛里，妳們就留在這邊。因為人數多也沒意義。」

「好啦好啦，我知道啦。我們慢慢吃飯。」

「清隆同學，你要怎麼辦？」

「我——」

這狀況明人和啟誠都站了起來，我也很難開口要說留下來。

「我就姑且跟過去，雖然我不覺得自己派得上用場。」

我們三人離開教室前往B班。

騷動好像已經傳染到走廊，人群顯然都聚集在一起了。

「妳是來幹嘛的啊！坂柳！」

我來到B班，就看見柴田上前逼問坂柳。

「來幹嘛？我是來拯救各位B班同學的喲。」

坂柳的左右有著神室和橋本，沒有鬼頭或其他學生的身影。帶著大量人數走動可能會成為問題，所以她才會以少量人數行動吧。

「這是怎麼回事呢，坂柳同學？」

在教室深處被幾名學生圍著的一之瀨說道。

「等等，一之瀨，妳沒必要出面啦。」

「對呀，小帆波，妳不可以過去！」

女學生緊抱著一之瀨，試圖防止她和坂柳接觸。

「首先，聽說妳康復了，真是太好了。其實我原本想更早一點來找妳，但畢竟我也忙著準備考試。話雖如此真是太好了，妳趕上明天的期末考了呢。」

「嗯，謝謝。」

兩人保持距離對話。

坂柳當然理解B班所有學生都仇視著自己吧。

雖然是午休，班上卻沒有少掉任何一人。

恐怕班上所有人都打算團結起來保護一之瀨。

但坂柳毫不動搖，一副就是正在享受這完全的客場氣氛。

這些行動是因為她預測到謠言漩渦中的一之瀨不會在午休利用學生餐廳。

「妳說拯救是吧，坂柳。」

「是的。」

面對神崎的詢問，坂柳笑著點頭同意。

「總之，意思就是妳承認妳散布了那些謠言嗎？」

「如果妳是來謝罪的，我也不是不能理解。」神崎這麼繼續說。

「散布謠言的不是我。」

「……不然，妳要拿什麼拯救我們？」

「一之瀨同學持有大量的點數，你記得以前傳過這種謠言吧？因為當時沒有不正當的行為，所以立刻就沉寂下來了。」

「那又怎樣？」

神崎立刻說道。這是為了不讓一之瀨有戲份。

「這只是我自作主張的想像……不過，無不法行為持有大量點數的方法很有限，例如先從同學身上定期回收個人點數並蒐集起來。總之，我判斷一之瀨同學應該扛著銀行般的職責。」

「那件事情我無法回答。」

收關B班戰略的部分，他當然會拒絕。

「嗯，我沒有在尋求那項回答。不過——假如，一之瀨同學就如我的推理，正在履行著銀行的職責……我覺得，那應該是件很危險的事情。」

坂柳說完，就看向在遠處凝視著自己的一之瀨。

「…………」

一之瀨不做回答，而是直盯著她的視線。

「我說的有錯嗎，一之瀨帆波同學？」

妳這是在白費力氣，坂柳。妳確實把一之瀨逼入了絕境。

把只能依靠沉默這種武器的一之瀨逼到了極限的邊緣。

只要再推一把，就可以把她推下懸岩峭壁。

妳製造出那種狀況。

不過，那招也已經不管用了。

「可以把路稍微讓出來嗎，小千尋、小麻子？」

「可、可是！」

「沒事，我已經沒事了。」

一之瀨說完就溫柔地微笑，然後慢慢邁步而出。

漸漸地拉近與坂柳的距離。

但最後一之瀨面對的不是坂柳，而是教室裡的同學。

「……對不起，各位！」

一之瀨站到講台前，對B班全體學生低下了頭。

「妳、妳幹嘛道歉呀，一之瀨。妳根本就不需要道歉。對吧？」

內心動搖的柴田，試圖打斷一之瀨。

「你就別阻止她吧，柴田同學。她正打算懺悔喲。」

坂柳愉快地笑著。

「至今為止的一年……我有件事情一直一直瞞著大家……」

「等等，一之瀨，妳不必在這場面上說出任何事情。」

感受到危險氣氛的神崎打算阻止，一之瀨卻完全不停下來。

「我想，這幾個星期因為我而出現了奇怪的謠言。當中只有一項不是謊言，是真的。那就是……信上寫說我是罪犯的那件事。」

坂柳引出她這番話，便心滿意足地微笑。

「那是真的。」

我看見鬧哄哄的教室中變得鴉雀無聲。

「在場的濫好人集團好像完全沒頭緒，所以就請妳替各位詳細說明吧，一之瀨同學。妳究竟犯下怎樣的錯誤呢？」

「我——」

一之瀨打算繼續說下去，於是吞了一口口水。

「現在開始——我要把瞞著各位的事情都說出來。」

她說完，就道出一直塵封著的過去。

「我隱瞞的罪行，就是……我曾經順手牽羊——」

資優生一之瀨帆波順手牽羊。

不只是B班，那件事實連明人或啟誠之類的觀眾都會很吃驚吧。

她不像是會做出那種事情的學生。

「小帆波……順手牽羊……真、真的嗎？」

「嗯，對不起喔，小麻子。」

一之瀨道了歉，但還是開始道出事情的開端。

「我家是單親家庭，我跟媽媽還有小我兩歲的妹妹三人一起生活。雖然家境不富裕，但我也從來不覺得自己不幸。媽媽一邊養育兩個小孩一邊工作，一直都很辛苦。所以，我國小就覺得自己國中畢業後就要出去工作。因為上高中也得花大錢，所以我很想工作幫忙媽媽支撐小我兩歲的妹妹，但媽媽卻反對了這件事。就像我身為姊姊打從心底希望妹妹幸福一樣，我覺得她身為母親，也會希望兩個女兒都能同樣地幸福。」

一之瀨將自己的過去全盤托出。

「當時我知道了就算沒錢，只要拚命念書，就可以利用學費全免生制度的這件事。所以我拚命念書，進步到在學校也會被說是第一名的程度。可是……那樣的我，在迎接國三的夏天……媽媽卻因為勉強自己而病倒了。」

一之瀨的母親為了支撐每天的生活，大概都馬不停蹄地在工作吧。

她為了養育自己的孩子不辭辛勞。

「那時，我妹妹的生日就快到了。她沒有向我跟媽媽要求過任何生日禮物。妹妹還是國一生，明明可以更向我們撒嬌，一直以來卻不斷地忍耐。她不買想要的衣服，也不跟朋友出遊或購物。一直一直在忍耐。可是我這樣的妹妹……第一次有了想要買的東西。那就是去年流行過的髮夾，那是妹妹最喜歡的藝人身上戴的東西。我覺得媽媽一定是為了買那支髮夾給她才勉強值

班。」

可是——碰上住院這場意外，情況根本談不了生日禮物。

「我現在依然記得。記得我媽媽在病床上哭著道歉，妹妹對她做出各種痛罵的那張表情。記得妹妹為她原本很期待的髮夾哭吼的那張表情。我沒辦法責備那樣的妹妹。那是她唯一要求過的禮物……」

坂柳掛著不變的笑容繼續聽著這段告白。

「我這個當姊姊的……必須想辦法恢復妹妹的笑容。我是這麼想的。所以，我就在她生日當天的放學後去了百貨公司。」

她現在也跟當時一樣，心臟跳得很快吧。

「我覺得，我當時的想法一定很黑暗。有什麼關係呢……只是為了妹妹做一次壞事，又沒什麼大不了的。世界上也有一堆人在做壞事。我心裡有這種想法。我們至今一直都在忍耐，根本不必受到責怪，這種行為是會被允許的。我做出這種自私任性的解釋。通常要買的話會需要花一萬圓以上……我偷走了妹妹想要的那支髮夾。」

一之瀨就像在吐出沉重之物地說出口。

「那是讓所有人都不幸的行為，但當時我卻只想設法讓妹妹高興。」

那就是誘因。

「……那樣是不行的呢。」

一之瀨喃喃吐出這句話。

「到頭來犯罪行為就是犯罪行為，那是怎麼懺悔都絕對不會消失的罪。」

她斷斷續續地說著。

「所以意思是妳被抓到了嗎？」

一之瀨對橋本這種詢問左右搖頭。

「我拿著那支髮夾離開了百貨公司。那是我第一次順手牽羊、第一次犯罪。沒有任何人發現。然後，我就馬上回家把髮夾送給了抑鬱的妹妹。因為東西是偷來的，所以沒有任何包裝，是個很粗糙的禮物。可是妹妹還是非常高興。我看見那張笑容後，總覺得罪惡感有一瞬間好像減弱了。可是不對，後來我的罪惡感漸漸地增加。」

一之瀨有點自嘲地笑著。

「女兒做出壞事，媽媽是不可能不發現的呢。妹妹戴著我叫她先保密的禮物探望了媽媽。因為，也是啦，畢竟妹妹大概想都沒想過我會送她贓物。那時，我才第一次看見媽媽真正動怒。她用力打了我一巴掌，並從妹妹那裡拿走那份禮物。我覺得啜泣的妹妹大概完全搞不懂是怎麼回事。後來，我被還必須住院的媽媽帶去店裡磕頭道歉，請求原諒。那時我才理解自己犯下的罪行多麼嚴重。理解到不管列出什麼藉口，犯罪都不會受到肯定。」

那就是一之瀨的過去。一直以來隱瞞的過去。

「結果，店裡的人沒把我交給警察，但騷動轉眼間就傳了開來。我封閉了自我。國三將近半年都只窩在房間裡過生活……可是，我還是想要再次向前邁進。而契機就在我的班導把這間學校的存在告訴我的時候。入學費用以及課程費用都會免除。此外，畢業的話還可以到任何地方就業。我心想要重新來過，再次從零開始。」

說完一切的一之瀨再次對B班全體學生低下頭。

「對不起呀，大家，我居然是這麼沒出息的領袖……」

「沒那回事，一之瀨。」

在旁聽著的柴田這麼說。

「聽完剛才的話，我確定了一件事，那就是確定妳果然是個好人。對吧？」

「嗯！或許小帆波做過壞事，但——」

鏘！

教室響遍拐杖敲打地面的尖銳聲響。

「請不要這樣，可以別逗我笑嗎，B班的各位？」

她輕易地就擊潰擁護一之瀨的聲音。

「這實在是場無聊的鬧劇呢。妳是打算道出不必要的詳細過往，來博取同情嗎？不論妳有怎樣的境遇，順手牽羊就是順手牽羊，不會有同情的餘地。妳為了私慾而偷了東西。」

旁邊的神室聽見這句話，表情有一瞬間變得很僵硬。

「嗯，妳說得沒錯呢。這和過去的背景毫無關聯。」

「妳犯下『犯行』是事實。也就是說，妳現在持有的大量個人點數，不是也會在接近畢業時被妳偷走嗎？」

「……我不可能做出那種事喲，坂柳同學。假如我無視所有人的意思做出升上A班的舉止，就會是背叛的行為，學校也不會允許吧。」

「是呀。妳是聰明人，我覺得妳不會採取那種露骨的做法。不過，就在剛才，妳在這裡演出了博取同情的手段，難道妳之後就不會藉此得到所有人的保證前往A班嗎？」

坂柳死纏爛打地窮追不捨。

「是呀。就算……我再怎麼努力，一切的努力或許都是偽善。曾經犯下的罪行是不會消失的呢。」

她擺脫不了身為罪犯的標籤。

有天說不定會被背叛的疑慮不會消失。

「各位也明白了吧？這就是那個名叫一之瀨帆波的學生。只要讓這種人當領袖，你們B班就沒有勝算。」

她徹底地道出了現實。

「現在立刻在這裡把個人點數全數歸還同學，並退出B班領袖之位。我希望妳可以做到這點事情。妳要是不做出這點小事，今後負面謠言也不會消失喲。」

一之瀨閉上雙眼。

靜靜調整呼吸。

「怎麼樣，一之瀨？妳打算怎麼做？」

代表B班的神崎提問。

問她是否要繼續擔任領袖。

因為決定那點的是一之瀨本人。

假如這是她第一次心靈受挫。

一之瀨可能就會承受不住並且應聲折斷。

但一之瀨的心靈已經受過了挫折。

不對，是「我讓她受挫的」。

並且完全治好她。

受挫的地方增加了強度，比以前更強韌。

「這樣我的懺悔就結束了！」

她說完，就對坂柳綻放笑容。

「我確實有順手牽羊。我覺得就跟坂柳同學說的一樣，這沒有同情的餘地，因為犯罪就是犯罪呢，我不打算逃避那點。可是，實際上我也沒有被求刑。總之，我該去償還的罪原本就不存在。」

「厚顏無恥這句話說得還真好。妳這態度的轉變，真不讓人覺得是偷過東西的壞人呢。」

「可能吧。不過我不會再回首過去，不會再被過去束縛。」

一之瀨笑著面對同班同學，並且繼續說下去：

「雖然我這樣很厚顏無恥——不過各位，能不能請你們跟我走到最後呢？」

她這樣說。

一瞬間籠罩著沉默。

一之瀨絕對不是覺得樂觀才說出這句話。

她好像就快要哭出來，而且還很想逃離現場。她對過去感到羞恥。

即使如此，她還是打算向前邁進。

一路同甘共苦一年的B班學生不可能不了解那點。

「我們當然會跟隨她，對吧！」

柴田笑著喊道。

與此同時，B班所有學生全都送上歡呼。

這就是一之瀨的人望。

可以讓人切實感受到了那份深厚。

啟誠和明人也像是被這樣的B班迷住似的露出開心的表情。

不只是全體B班，連其他班級的學生都這麼支持她，這種學生再也沒有其他人了吧。

「坂柳……怎麼辦？」

坂柳發動的攻擊被無效化了。

神室也深深感受到了那點。就是因為這樣，這句話也可以理解成是在建議她撤退。

「呵呵呵。」

坂柳笑著。

「呵呵呵呵呵。」

她又笑了。這次笑得很久。

「原來如此，妳巧妙地攏絡了B班。不過，就如妳自己剛才說的那樣，罪犯的過往並不會消失。今後妳的謠言應該會一直一直傳下去吧。」

「嗯，我不打算逃避那種事情。」

「是嗎？那就容我徹底——」

「好啦——各位，到此為止。」

坂柳打算回話時，B班教室就出現了教師與學生。

那是學生會長南雲以及B班班導星之宮，外加茶柱。

「這還真是聚集了些大人物呢，這是一年級生之間的問題吧？」

「這的確是一年級的小紛爭。不過，即日起禁止宣揚不謹慎的謠言。」

「……這是怎麼回事呢？居然是一之瀨謠言的封口令。我無法理解呢。不論開端在於何處，一之瀨同學有自行向校方報告自己很傷腦筋嗎？」

「不是的，坂柳。這已經不只是一之瀨的問題。」

南雲這麼回答坂柳。

「……這話怎麼說？」

茶柱站在打算做說明的南雲面前。

「詳情就不公開了，但現在校方已經明確地確認過你們一年級生正在進行毀謗中傷的膠著戰。散布的謠言數量高達將近二十筆。謠言再多下去將打亂學校的秩序。雖然謠言就是謠言，但不管有沒有確鑿的證據，校方都不希望陷害個人的謠言繼續蔓延下去。因此，學校要先告知各位

——毫無意義四處宣揚者，今後可能會變成懲處的對象。」

至今都默認的校方對謠言無止境的擴散祭出了行動。

「……原來如此，原來是這樣呀。」

坂柳因為茶柱的話而領悟一切。

「也就是說，校方終於採取行動了呢。」

堀北觀察著狀況並靠過來我這邊，她也推知了這點。

「雖然這是結果論，不過這樣所有班級都得救了吧。坂柳同學的陣營也會變得無法繼續攻擊一之瀨同學這個導火線。針對本堂同學、篠原同學、你和佐藤同學造的謠言應該也會就此沉寂。」

「是啊。」

「坂柳同學做得太過火了呢。她大概是想以同樣的戰略同時陷害所有班級吧，卻因為太過招搖而招致了惡果。她很好戰，但使出這招好像太超過了。」

堀北這樣說完就陷入了沉默。

不久，她便開口說：

「可是——」

「怎麼了？」

「不，沒什麼。」

堀北這麼說完，就不打算繼續說下去。

「走吧。既然學校都行動了，就不需要我們出場了呢。」

理解狀況的坂柳命令同學撤退。

鬧哄哄的B班盛大地情緒高漲。

因為擊退A班而沸騰了起來。

9

回到C班後，波瑠加就插話似的向明人搭話。

「欸，B班怎麼樣呀？好像鬧得很大耶。」

「真是讓人意想不到的發展。一之瀨擊退了坂柳。」

明人簡單扼要地告訴她B班發生過的事。

一之瀨的謠言真相，以及學校通知今後禁止散布蔓延在學年裡的謠言。

「我們到了下午的課程，應該也會被老師叮嚀吧。」

「順手牽羊呀——意外是意外，但這樣就有點可以理解了吧。要是被觸及不想被提及的過去，確實會想要請假呢。」

了解緣由的波瑠加出聲擁護一之瀨。

「總之，這樣騷動就結束了。別被謠言耍得團團轉，集中在考試上吧。」

「太好了呢，小清。」

「哎……是啊。」

這時，我的手機響了起來。

「誰打的誰打的？」

「沒登錄的號碼。」

我把顯示出的號碼給波瑠加他們看。這和上次半夜打來的號碼不一樣。

我離開座位，在跟那群人保持一段距離的地方接起電話。

「喂？」

『是綾小路同學嗎？』

我馬上就知道聲音的主人是誰了。對方是坂柳。

「妳怎麼會知道我的號碼……雖然我是這麼想的啦，不過妳要調查好像也不難。」

『嗯。距離午休結束還有十分鐘左右，你可以出來嗎？』

要拒絕是很簡單，可是之後再約也很麻煩。

「要去哪裡？」

我邊說邊走到走廊。

『我想想。那就一樓的校舍出入口前，怎麼樣？』

「我知道了。」

掛斷電話後，我前往出入口。

我本來覺得神室或橋本可能也會在場，不過在那裡的只有坂柳一個人。

「請放心。我現在沒有帶任何人過來。你做得實在漂亮，綾小路同學。」

「妳是指什麼？」

「你好像在我沒察覺的檯面下採取動作了呢。雖然還有幾個解不開的謎團，但我不打算跟你要求對答案。不過，我好奇的只有你為什麼會打算保護一之瀨同學。」

坂柳這麼說完就凝視著我。

「等等，我不懂妳的意思。」

「就是因為你救了一之瀨同學，她才可以在那地方改變態度……不對，是振作起來。她在那地方恐怕不是第一次說出自己的過去，應該是事前就說過了吧。」

「妳是說，那個對象就是我嗎？」

「沒錯。」

她會得到這結論也是情有可原。

「妳為了讓我行動而利用了神室，對吧？」

「利用神室同學？」

「一之瀨順手牽羊的過去。在確認那個事實之前，妳只有把情報透露給我。」

「那是她自做主張。」

「不，並不是。」

「你為什麼可以如此斷言？」

看來被要求核對答案的似乎是我呢。

「那罐作為順手牽羊證明而交給我的酒精飲料，不是當天偷出的東西，而是神室剛入學時偷的。」

「根據是什麼？」

「保存期限。我確認完神室遞來的啤酒罐的保存期限，就在超商把同一種酒精飲料罐拿起來確認了日期。那和放在店裡的飲料罐的保存期限有四個月以上的差距。總之，我無法想像只有前面一罐偶然是差距四個月以上的舊東西。神室說當時的酒精飲料罐，妳說要處置所以就收走了。

既然這樣，她不是預先收下妳保管的酒精飲料罐做好準備，就會是在離開我的房間之後接觸了

妳，並且直接收下酒精飲料罐。」

神室會在那個時機接觸我並說出一之瀨的過去，就會是她預設的事情。

「你說，我為什麼要做出那種拐彎抹角的事情呢？」

「為的是要把我引誘出來吧？」

「呵呵呵，該說真不愧是你嗎？」

「這次的事情，我要靜觀其變很容易。倒不如說，我原本就打算那麼做。」

再說，對這件事潑冷水的不是別人，就是坂柳。

她親手陷害一之瀨，再親手對一之瀨伸出援手。

當然，是以非常拐彎抹角的方法。

「一切都是為了勾起你的興趣喔，綾小路同學。」

坂柳拄著拐杖慢慢走路，跟我拉近距離。

「一之瀨同學就那麼崩壞也無所謂，但只要我先留下你介入的可能性，就會不禁期待你是不是會願意抓住那條線呢。雖然這種可能性是一半一半……但最後還是變成了很理想的發展。」

也就是從坂柳看來，一之瀨的存在根本無所謂。

「請你跟我一決勝負，綾小路同學。」

「假如我不接受呢？」

「你可能會說這不成什麼損害，不過我會抖出你就是率領C班的幕後黑手。現在的你應該也可以理解這不會在謠言範圍內就解決。」

就算被校方表面上禁止宣揚謠言，坂柳還是會若無其事地散布吧。

「怎麼樣？你沒辦法接受嗎？」

「妳要拿什麼比？妳是A班，我是C班。差距很清楚。」

「我不知道下場考試會是什麼內容，不過我們就比名次吧。如果你贏了，我保證今後都不會把你的過去告訴別人。」

雖然條件很不錯，但根本不保證她會遵守。我也完全不打算以書面或聲音留下紀錄。

「你很難信任我吧？不過也只能請你相信了，否則你的過去就會被公諸於世。要過上日常生活也會變得很困難吧。」

「隨妳高興。但如果變成那樣，我就絕對不會跟妳一較高下。」

「……呵呵。是呀，你就是會那麼說的人。」

坂柳自己應該也很清楚我不會輕易接受什麼勝負。

正因如此，坂柳才會到目前為止都沒對任何人說出我的過去。

「那麼，如果我說要賭上我自己的退學呢？作為保障的對象，把我任職這所學校理事長的父親當作見證人也無所謂。」

坂柳對於和我的勝負表現出絕對的自信。

「當然，即使你輸給我也不必離開學校，我不打算叫你賭上什麼特別的東西。不過，唯有你是C班幕後黑手的這件事，我會公布出來。不讓你背上那點風險，你可能只會棄權。」

「如何？」她這樣問我。

「如果是那種條件，我就接受吧。」

「謝謝你，綾小路同學。這下子無聊的校園生活好像總算要結束了呢。」

坂柳滿足地微笑並且離開。

我決定先打給這次事件的背後關鍵人物。

那既不是堀北也不是惠，也不是堀北的哥哥。

『我就在想你差不多要聯絡我了呢。晚安，綾小路同學。』

所有的策略

事情要回溯到二月十一日星期五——信箱被投入寫上一之瀨是罪犯信件的那天。

在一之瀨內心動搖，還有神室來接觸我說出偷竊過去的時間點。

我決定對坂柳的戰略先做準備。我為了執而在傍晚打給某個女學生，請她來我房間。

到了約定時間。房間不是響起門鈴聲，而是傳來委婉的敲門聲。

門鎖已經開啟，於是我直接把門打開。

隨著吹進來的寒風，一股微微的花香同時撲鼻而來。

「晚安，綾小路同學！」

因為已經過了晚上十二點，所以她把音調往下降一階。這麼前來拜訪的人是櫛田。

「這種時間找妳，真抱歉。可以的話，請進吧。」

「可以嗎？」

「在玄關前面很冷吧。」

「嗯，謝謝。」

深夜進男生房間。

而且狀況還是一對一。通常就算不情願也不會不可思議。

但櫛田毫不猶豫就進了我房間。

「綾小路同學，雖然有點早，不過這個給你。」

她好像是把東西放入上衣裡了吧，她拿出了綁著粉紅色緞帶的巧克力盒。

「可以嗎？」

「我在十四日要送的數量很多，所以要是有人可以早點送，我都會先給。」

如果是這樣的話，我就先感激地收下了。這也不是必須拒絕的東西。

「所以，你找我有什麼事呢？這種時間把人叫出來算是很不尋常喔。」

若是要閒話家常，不管早上或下午都可以聊。她當然會懷疑有什麼事。

「我有事想找妳商量。」

「哦……」

櫛田有點驚訝，然後繼續說了下去：

「我還以為自己被你討厭了呢，想說你不會再找我商量。」

「我不討厭妳。倒不如說，我覺得是自己被妳躲著呢。」

「啊哈哈哈，是嗎？說得也是呢。」

這既非表也非裡——中間人格的櫛田笑著。

「但不是還有堀北同學嗎？她比我這種人可靠多嘍。」

「沒其他的人選了，我有事情只能拜託妳。」

「雖然不知道我能不能幫上忙，不過聽一聽也不會少塊肉，所以沒問題喲。可是，只有我幫得上的忙會是什麼呢？」

她好像無法連內容都推測出來，因此偏了偏頭。

「我想請妳告訴我，一年級裡被散布出來會令人傷腦筋的學生個人情報——總之，就是別人的祕密。」

「……這是怎麼回事呢？」

櫛田保持著笑容，但眼神逐漸失去笑意。

「妳之前說過吧，說妳已經擁有足以讓班級瓦解的情報。那不只是我們C班，應該也包含別班的學生在內。」

對於一直是人氣王而且品德兼優的櫛田來說，每天都會有人找她諮商。

就算了解的程度不及C班，但她應該還是握有不少別班學生的情報。

「你為什麼會想知道那種事情呢？」

「妳知道現在一之瀨正因為被散布謠言而痛苦著吧？」

「是呀，像是今天在信上也被寫了很過分的事……」

「我是為了阻止那些事情。」

「嗯——我不太懂耶。那是你的意思嗎？還是——」

「這跟堀北無關。」

「哦——？你還滿有人情味的呢。就連須藤同學，你也幫助過他嘛。」

櫛田當然知道我入學後馬上就為了須藤的退學到處奔走。

「但知道別人的個人情報會連結到阻止那些謠言嗎？」

「對。」

「我不太明白耶。要是會傷害許多人的謠言傳了開來，氣氛不是只會變得比現在更冷漠嗎？也就是說，只要岔開集中在一之瀨同學身上的謠言就可以了嗎？」

犧牲多人拯救一個人。這看起來可能就像是那種戰略。

雖然那種想法很正確，不過並非如此。櫛田繼續說了下去：

「一之瀨同學跟我也很要好，如果有幫得上忙的地方，我也會想要幫忙喲。說不定我確實聽見了比別人更多的祕密，可是我也不能輕易說出口。因為那些事情，就是我以那種約定為前提在傾聽的。」

這也是理所當然。

沒人會樂見想隱瞞的祕密被傳開。

既然這樣不要告訴任何人就好了，可是人類沒那麼單純。

任何人都會對家人或摯友、戀人揭露那些祕密。因為他們想要共同擁有那些情感。

「我無法做出背叛朋友的行為。再說，就算我為了一之瀨同學而幫了忙，是我傳出那些謠言的這點也可能會露餡喲。」

「當然，為了不變成那樣，我必須選定內容。」

若是那種只能告訴櫛田的過於沉重的祕密，就不能利用了。

話雖如此，那種只要是朋友的話，誰都會知道的簡單內容也不行。重要的是，要挑出只有幾個人知道的祕密。其中需要絕妙的平衡感。

「你覺得我會協助那種需要背叛朋友，而且又讓人搞不太懂的作戰嗎？」

「應該不簡單吧。」

假如我對櫛田的另一面一無所知，那就連交涉的餘地都不會有。

因為扮演天使的櫛田不可能會幫忙陷害別人的行為。

可是，就是因為我知道櫛田的另一面，才有那些交涉的空間。

「假如妳願意給我適當的資訊，我會準備回報。」

「回報？」

「我是打算盡量以櫛田妳希望的形式回應。」

「總之，這就表示你願意聽我的請求？」

「老實說，就是那樣。」

「沒有保證你能夠遵守呢，畢竟你是堀北同學的夥伴。」

「既然這樣，妳把現在的對話內容當作保險手段就可以了。」

「什麼意思？」

「就算我不特地說出來，妳應該也很清楚吧？」

我一度把視線望向櫛田便服上方的口袋。

「嗯嗯？」

即使如此她還是裝做一臉糊塗，所以我就稍微深入說明。

「我不用說妳應該也很清楚。那不是手機就是錄音筆，或是兩種都有。」

她不可能不利用我們的對話內容。

「你知道呀？知道我在錄音。」

「我覺得如果是妳，應該會做出這點保險手段。」

「但你很有把握吧？」

她一度打算岔開話題，應該是因為認為我在套話吧。

「錄音若把對自己不方便的部分剪掉，可信度就會一口氣下降。通常會希望盡量利用直接錄下的檔案。那麼一來，妳自己的言行就勢必會被存下來。」

今天櫛田來我房間後，就盡量謹慎地挑選用字遣詞。

為了以防萬一，她毫無失誤地進行著對話。

「你光是那樣就有把握了呀……真厲害。」

「好，這樣錄音就結束了，啊──剛才還真拘束。」

拿出手機的櫛田讓我看了錄音畫面後，就在我眼前把它停下。

櫛田說完，直到剛才為止的端莊氣質就完全消失不見了。

「就算是我，我也已經懂了。之前果然是你在幫助堀北同學呢。」

「我承認我有幫堀北出過主意。」

「不過，那件事就算了，今後應該隨時都能問。」

櫛田這樣說完，就回到了剛才的話題。

「所以，你要怎麼靠別人的個人情報阻止一之瀨同學的謠言呢？」

「關鍵在於那裡。」櫛田切換想法，表現出要聽我說明的態度。

「那就是──把決心默默旁觀的校方捲進來。」

「把校方……捲進來……？」

「現在一之瀨對謠言保持沉默，也沒有做出任何對策，所以校方當然什麼也不會做。」

「可以這樣斷言嗎？學校也可能為了一之瀨同學而行動吧？」

「兩種都差不多。假如班導之類的人聽說這些事，現狀卻什麼都沒做的話，就表示一之瀨沒有尋求協助。所以，我們要讓情勢升級到沒辦法置之不理。這麼做的話，學校肯定會把情況看得很嚴重。」

即使學校與世隔絕，可以掩蓋壞事的時代也已經結束了。

學生在誹謗中傷話題蔓延的學校裡退學，或者最壞的情況是出現學生自殺，事情變成那樣的話，這間學校的地位與名譽就會馬上掃地。

校方絕對無法對可能發展成霸凌的問題坐視不管。

坂柳當然也為了不變成那樣而攻擊著界線的邊緣。

既然這樣，我就要撞上她的背後，把她押到界線的另一邊。

讓情勢開始強制性地前往滅火的方向，就是我的目的。

「不是所有人都能像一之瀨同學那樣默不作聲，所以這代表也會有哭著央求校方的學生出現嗎？」

「沒錯。即使沒有學生前去商量，現在也是期末考前夕。與謠言相互影響，想必可以營造出相當緊張的狀況。說不定也會引起打架之類的騷動。」

「那麼一來，現在靜靜旁觀的校方也就不能放著不管了……對吧？」

擴散各個班級的各幾名學生的真假交織情報。

成為那些謠言目標的學生，恐怕有半數以上都會主張消息是假的吧。

或許也可能變成所有人都不承認。

不過，這也會自然地暴露出那些內容包含真相在內。

「如果在現在的狀況下散布謠言，首先被懷疑的就會是A班。這也是個優點。」

為了陷害一之瀨而散布謠言的坂柳陣營馬上會發現這是旁人的手段。

但就算發現了也無能為力。

因為即使全力否認，也無法否認散布「一之瀨的謠言」的事實。既然那件事是真的，他們就無可避免會比任何人都更遭受懷疑。

看見其中一項脈絡的話，櫛田應該也可以看出整個計畫了吧。

「可是，要怎樣才能散布那麼多謠言呢？這可不簡單喲。」

「關於要怎麼散布謠言，就要利用學校的討論區了。」

「你說學校的討論區，是指應用程式裡的那個嗎？那種東西誰也不會使用。再說學校會行動的話，就表示也可能懲罰散布謠言的人吧？討論區是可以匿名寫進東西，不過從哪裡寫進來的馬上就會穿幫了喲。」

櫛田接連拋來疑問。

「這件事當然是以考慮過那些風險為前提。」

「總之……意思就是說，你有覺悟最壞的情況是謠言出處是自己的這件事曝光嗎？」

「嗯。即使變成那樣，我也絕對不會說出妳的事情。」

我當然有思考對策，不過現階段無法斷言絕對沒問題。

不過，我從一開始就沒打算要在可以鎖定犯人就是我的狀態下把謠言寫入討論區。

「我也有一點風險呢。」

「是呀，我知道太多別人私底下的狀況也會很不自然，可能也會出現認為我是被某人教唆的學生。」

重要的是，我還不能在櫛田面前把事情安排得太完美。

必須先讓她覺得我有點少根筋。

「不過，為了減少那些不安因素，我必須嚴選謠言的內容。」

「……嗯。我知道綾小路同學的目的了。幫忙你的這件事，我可以考慮。」

考慮——也就是她目前還沒確定。

「也就是說，要看我接不接受條件嗎？」

「沒錯喲。」

這次的作戰少了櫛田會很難執行。

雖然我也可以鬼話連篇，但只憑那樣不會在真正意義上影響到大家的內心深處。

就是因為交織著無數個真相，周圍才會感到焦急。

焦急將成為導火線逐漸蔓延開來。

「所以，妳的條件是？」

如果她提出了我不能接受的條件，交涉當然就會破局。

「堀北鈴音的退學。」

「我不能接受。」

「我想也是。」

這是櫛田最大的心願。

她是知道不會實現，然後姑且說出口吧。

「你的退學也不行，對吧？」

「那樣比堀北被退學還更讓人無法接受呢。」

「啊哈哈。」

這似乎有點好笑，櫛田直率地笑著。

「可是除此之外我就沒有其他希望了。」

「既然這樣，我可以說個提議嗎？」

我決定自己試著說說回報內容。

「可以呀。是什麼呢？」

「今後入帳的個人點數，我會給妳其中的一半。」

「那算什麼呀？雖然龍園好像做過類似的事情……」

櫛田理所當然似的知道龍園和A班的契約內容。

「嗯，妳可以想成是一樣的。當然為了不讓我騙人，如果有必要的話，我也會給妳看我每個月點數出入的紀錄。這樣到畢業為止就會有幾十萬到幾百萬的個人點數到妳手上。就情報費來講，這是個很破格的價碼。」

櫛田稍做沉默，陷入了沉思。

「這確實不錯呢。可是很遺憾，我不愁個人點數。雖然錢多一點是再好不過，可是我現在就很足夠了呢。」

櫛田在船上考試的機會上獲得了鉅款。

可以觀察到她即使在一定程度上揮霍，還是擁有很充裕的點數。

不過，交涉上最淺顯易懂而且有效率的，到頭來還是金錢。

「就算作為零用錢使用很足夠，但當妳遇到緊急時刻就不會煩惱了。茶柱也說過吧。為了保護自己，我們也會需要個人點數。」

考慮到自保手段，就算多擁有一點都會比較好。

「那項提議再怎麼想都對你不利吧？如果說這是你會退學的危機，那我倒還可以理解。可是，做出為了拯救一之瀨而交出自己一半靈魂的舉止，實在很奇怪。」

「因為我喜歡一之瀨。」

「那種玩笑就免了。」

我還以為櫛田會笑出來，但她好像不覺得有趣。

「說真的。失去一半個人點數確實很傷，不過那樣也可以保護我自己。」

「怎麼說？」

「我是其中一個妳希望退學的人，我不知何時會被妳從背後捅一刀，總之這是我自己的防禦策略。」

「如果轉為交出個人點數的那方，你的存在對我來說就會變成好處，意思就是這樣對吧？」

「嗯，因為與妳為敵也很棘手呢。我覺得值得付出一半。」

以提供個人點數締結的協定。

只要她不捨棄我，就會一直被提供個人點數。

這絕對不算是壞事。

「……原來如此。」

稍做思考的櫛田做出結論：

「好喲，我就接受那件事。我要嚴格遵守的條件就是不跟你作對，這樣就可以了嗎？至於堀北同學，你應該會想要我先做出某些保障吧？」

「我沒貪心成那樣。拜託妳連堀北也一起保護而導致這次的合意告吹，那樣才難處理。」

「這條件說起來還真好聽耶。」

「妳不放心口頭約定的話，就在書面上寫出來吧。」

「不用，沒必要。」

櫛田說完就從口袋中拿出手機……不對，是拿出錄音機。

雙重錄音。不只是手機，她好像還啟動了備用手段。

「我這邊也留有證據。不論形式如何，要是你出賣我的話……你懂吧？」

「嗯。」

要是將約定作廢，最壞的情況就是她也可以把事情告訴校方。

不公開並從我這邊強制榨取點數也可以吧。

「真不愧是綾小路同學呢。你和堀北同學完全不一樣。」

Give & Take。

互相幫助。

只靠情感就要她相信自己是件難以達成的事情。

數字跟目不可視的感情不一樣，是可以看見的。

堀北的做法絕對算不上不好。

靠感情證明的關係，有時會凌駕於數字或契約上的關係。

不過，為此的門檻就會非常高。

說服櫛田忍耐仇恨情感的方式本身就是錯的。

「但我真的可以拿一半嗎？」

「我覺得額度太少沒辦法打動妳。」

當然，持續支付個人點數，對我來說也是個重擔。

——不過，那點大概馬上就會被排除了吧。

「畢竟事情也談妥了，可以請妳告訴我了嗎？」

「是呀，你希望的條件是什麼？」

「不管是壞事或難為情的過去都可以。總之，要是被公開會讓人傷腦筋的內容。」

「我想想……那我就隨便挑一些告訴你嘍。」

櫛田說完，就像是覺得有趣地開始說出她掌握的祕密。

誰喜歡誰、討厭誰。

從這些事情開始，她還提及了學生的家庭狀況、輔導前科這些情報。

櫛田說得栩栩如生。

到了這個階段，她還是不知道我真正的目的。

拯救一之瀨。

順著坂柳的挑釁。

讓橋本避開我這個目標。

南雲的威脅。

一切都只是過程之一。

我在一連串的事件裡想知道的只有一個。

那就是櫛田桔梗握有的情報的質與量——為了讓她退學，我要確認這些事情。

就算我概括地說要讓櫛田退學，可是弄錯做法的話就會很麻煩。

我必須先推測出她持有的炸彈威力。

櫛田擁有壓倒性的資訊網。

她對那些資訊所做的徹底調查。

以及從誰那裡聽見什麼謠言、那些謠言有多少人知情。

她對學生性格或特徵的掌握度高得嚇人。至少在「在校內掌握情報」的意義上，我可以斷言一年級裡沒人超越櫛田。

這是櫛田為了保護自己、為了讓別人認可自己是崇高存在所培養的卓越能力。

「原來如此啊……」

「有沒有派上用場？」

櫛田剛才說給我聽的情報，當然不是她所知的一切吧。

「我想從C班選出本堂還有佐藤，散布這兩筆消息。」

「可以吧，佐藤同學討厭小野寺同學也算是眾所皆知了呢。」

這就表示有天傳到小野寺耳裡也只是時間的問題嗎？

「雖然我的個性很糟糕，不過你最好先記住女生都是這樣會比較好喲。」

櫛田說完就掏出手機開啟聊天程式，裡面有我無法相比的朋友數量，以及密密麻麻建立出的群組數量。

「例如，這是我們C班一些女生創的群組A，這裡不是有六個人嗎？可是其實還有另一個相同成員創下的群組B。順帶一提，沒加入群組B的是一個叫做寧寧的女生。」

森寧寧——她是惠那群人的其中一人。

「表示森也被人討厭嗎？」

「沒錯。如果群組A是表，群組B就感覺是裡。她們偶爾會互講寧寧的壞話。我當然不會做出冒失發言啦。大家就算表面上笑咪咪地友好相處，背地裡都會討厭某人，而且互罵對方都是很稀鬆平常的。總之，這種表與裡的群組不是只有一兩個，光是我知道的就存在好幾十個了。」

櫛田好像是因為說出平時不能講的話而滿足，她接著站了起來。

「時間也晚了，我就回去嘍。契約的事情接下來還請多指教呀，綾小路同學。」

她在玄關穿上鞋，就這樣直接背對著我說話。

「櫛田。」

「嗯？」

「妳今天真是幫了大忙。」

「不會，不用謝。那麼，晚安，綾小路同學。今後也請多指教喲。」

我原本有機會詢問她接近南雲的事。

但我刻意不提及那件事。

南雲和櫛田有交集的這點。這是偶然誕生的產物，我必須利用。

於是，我便以櫛田的情報為基礎，開始準備即使困難也要散布到各班的「謠言」。

1

二月十四日情人節。我決定在這天處理在午休、放學後都會一直尾隨我的橋本。我預計惠會送我情人節巧克力，所以決定要利用那點。

如果惠要給我巧克力的話，就會是在早上或傍晚之後，要上課的白天是不可能的。她才剛跟平田分手，應該也不能在書包裡放進巧克力吧，說起來光是有送禮對象就會是一場大騷動了，所以我才會故意在十三日晚上關掉手機電源。

雖然她應該沒有貿然來接觸的可能性，不過，這是為了我可以不用說出早上不方便的藉口。我在跟她見面時的態度必須很自然。

這也是橋本會對尾隨上得不到重大成果而著急的時候。

所以我決定主動給他「有某些隱情」的提示。

那就是跟惠密會並收下情人節巧克力。我會把碰面時間指定在五點，是因為通常橋本尾隨我再短也會持續到六點左右。而橋本今天果不其然也在盯著我。他在大廳的監視器上監視著我出來。

這是在他的尾隨行動中，首次出現讓他感到費解的接觸機會。橋本大膽地直接接觸我們。不過就算他不來接觸，只是在遠處看著，結果也會一樣。

我頻繁地跟別人聯絡，橋本得到對象或許就是惠的答案便已心滿意足。

隔天之後橋本就不再跟蹤我，並把心思切換到為自己的期末考做準備。

然後，在我變得可以自由行動的這天。

我把從惠那邊收到的巧克力放進書包，並且在這種狀態下前往學校。

我在圖書館接觸了椎名日和。當然，大部分話題都很無關緊要，而且與書籍有關聯。

不過，正題在於其他地方。

這是預定在明天流出的無數「謠言」的鋪陳。

A班除了一之瀨的謠言之外，可能還打算做些什麼。

我決定灑下那樣的種子。那顆種子將在幾天後開花。我刻意把動不動就打架的石崎和伊吹選作謠言對象，營造出一觸即發的局勢。這只算是附贈。就算沒發展成那樣，應該也沒有那麼大的差別吧。

重要的是之後要在何時，以什麼方式把謠言寫進討論區。

我跟握有那項關鍵的人物接觸。雀屏中選的就是桐山副會長。

他是以南雲垮台為目標的二年B班學生。

我和日和在圖書館聊完天，就在沒有人煙的校舍與桐山見面。

接著毫無隱瞞地說出一切的計畫。說出為了拯救一之瀨的戰略。

「原來如此。然後你是叫我從我的手機寫進謠言嗎？我根本不會有半點好處。」

「沒那回事。桐山副會長也是有好處的。透過這次互動，我和你就會產生一道關係。因為要是我都只等你行動，我們的關係永遠不會有所進展。」

事實上自從雙方認識以來，桐山就沒來做出什麼指示。

「那當然。因為我相當懷疑你的能力。」

「嗯。所以首先不是要讓我賣人情，你就讓我欠個人情吧。萬一情況變得讓你很傷腦筋時，你應該就比較好來麻煩我了吧。再說對你來說，在討論區上寫入謠言也不盡然都是壞事。」

「……怎麼說？」

「對學生會來說，一之瀨帆波也是很重要的學生，失去應該會很可惜。如果可以藉著從討論區散布謠言把學校捲進來，這樣也會通往保護那個一之瀨的結果。」

「可是，如果我寫下會把一年級捲入的謠言，那也會關係到學生會的信譽問題。」

「其中有什麼地方會是問題呢？」

「什麼……？」

「學生會信譽降低，南雲學生會長將會比任何人都受到更大的損害。既然你目標是他的垮台，我覺得這是你會樂見的事情。」

「怎麼可能？要是被人知道討論區內的謠言是我寫的，那才會是大問題。我不只會受到校方的懲罰，也可能被南雲解除副會長的職責——」

「那點小事可以請你巧妙地推託嗎？你好歹也在跟南雲學生會長競爭吧？還是說，你已經無法反抗學生會長了嗎？」

「一年級的懂什麼……！」

桐山以蘊含怒氣的眼神貫穿我。

「櫛田跟南雲學生會長接觸的事情，你好像向前學生會長報告了呢。」

「那件事情你怎麼會……堀北學長真的很信任你啊。」

「櫛田在年級裡也是消息數一數二靈通的人。換句話說，這次透過討論區散布的謠言，將會是她透露給南雲學生會長才可能實現的戰略。我們也可以製造出這種憑空想像的說法。」

櫛田把情報給了南雲，南雲為了拯救一之瀨而指示了桐山。

這種根本就不可能的路線朦朧地浮現出來。

「……也就是說，你是考慮到那些才來接觸我的嗎？」

桐山陷入沉思。想像著因為在討論區上寫入謠言可能會發生的未來。

但這樣下去，他不會說ＹＥＳ吧。

「如果你在這裡說ＮＯ，我會判斷你屈服於南雲，或者——我應該會把你當作已經被南雲攏絡並向前學生會長報告吧。」

這話也可以當作是在威脅，不過那將成為策動桐山的關鍵招式。

「你願意做吧？」

「……我該什麼時候寫上去？」

「就在這個地方。馬上。」

如果貿然製造時間差距，謠言內容也可能會從桐山以外的手機寫上去。

那樣當然也無所謂，不過我想盡量避免後續計畫亂套的風險。

重要的是，我也必須把桐山向第三者洩漏此事納入考量。

「好吧，我就先借你一個很大的人情。」

「謝謝。」

我在手機上顯示出要記載在各班的文章，並且讓桐山打出那些內容。

作業時間耗費了大約十分鐘，這項工程就全部結束了。

大概不會有學生立刻發現，不過我會促使消息在明天蔓延開來。

2

這下子基礎就全部整備完畢了。

接著就剩下最後一道準備……破壞一之瀨帆波心靈的工作。

因為我知道她不久就會因為坂柳而心靈受挫。

坂柳的策略漂亮地成功了。一之瀨在身體狀況康復後也一直跟學校請假。

二月十八日。橋本他們跟石崎等人起衝突的這天。

同時也是一之瀨生病的第五天，這天她也向學校請了假。

她的身體狀況八成好了吧，但心靈上的傷好像還沒有痊癒。

我決定去接觸仍持續向學校請假的一之瀨。

不過，露骨地在放學後或休假去見她，被人發現的可能性也很高。

所以我決定盯準宿舍人煙更稀少的平日白天。

我完全沒有用手機聯絡她。

因為我不打算給她退路。

我抵達一之瀨的房間前按下門鈴。

「我想稍微聊聊，妳能出來嗎？」

過了不久，房內有了反應。

「對不起，綾小路同學。你都特地過來了，真是抱歉，但是可以下次再說嗎？」

聲音裡感覺缺少了積極感，但果然好像也可以判斷是感冒已經痊癒了。

「那封信對一之瀨妳來講，是那麼重大的事嗎？」

一之瀨面對那個提問什麼也沒有回答。

我靠在她的房門上坐了下來。

「妳星期一會來學校嗎？」

「……抱歉，我不知道。」

除了逼近核心的問題，她好像都算是願意回答。

「距離午休結束還有段時間，讓我稍微待在這邊吧。」

接著直到午休快結束為止，我一直都只是靜靜地坐著。

「那麼，我要回學校了。」

「我只是需要一點時間。等心情整理得更好一些，就一定會去學校，所以你能不能別再過來了呢……」

聽見一之瀨擠出這種聲音之後，我便返回了學校。

3

現在是中間隔了六日之後的二十一日。這週末的星期五就要開始期末考了。

但就算到了星期一，一之瀨也沒在學校現身。

這段期間，神崎、柴田、跟一之瀨很要好的女生們都打了電話、傳訊息、傳郵件給她。

他們不停地送出聯絡。

但放學後也沒人不請自來，除非是跟我一樣被一之瀨忠告別再過來，否則就沒有其他能夠想像的理由了。

我在午休溜出學校，前往一之瀨的房間前。

我只有輕輕敲門，而且沒等她回應就這麼搭話：

「聽說妳今天也請假啊？」

這是被她勸說別再過來，卻無視那點的蠻橫行為。

裡面沒傳來一之瀨的回覆。

我沒有冗長地說話，而是跟上個週末一樣，直到時間快結束為止都一直坐在一之瀨的房間前。

4

星期二也一樣。已經不需要說明了吧。

我確認一之瀨請假之後就來到她的房間。

如果是同班同學就會沒辦法惹她討厭，不過若是我這個別班的人，就算跟一之瀨絕交也不會有損失。這大概就是我能夠積極出現在她面前的最大理由吧。

到期末考為止的時間已經所剩無幾。

這樣下去，甚至還會出現她請掉那場期末考的可能性。

不對，就算她只有當天出席，B班學生也會背負龐大的精神疲勞。應該也可以考慮成績會因為不預期的麻煩而降低。

即使沒有出現學生退學，也會大幅影響班級點數。

我必須請一之瀨星期四來學校讓B班放心。
這麼一想，期限就會是明天的星期三了。

5

結果星期三這個期限一眨眼就到了。
我單手拿著超商買來的咖啡罐，吐出了白色的氣息。
今天我也沒有對她做出任何催促。
那是因為一之瀨不可能不知道今天就是極限。
她一定會有所行動。
我是這麼估計的。
「二月也要結束了呢。只要熬過下個月的特別考試，就會正式升上二年級了。有句話叫做『好了傷疤忘了痛』，或許真的就是這樣呢。」
無人島考試、船上考試、Paper Shuffle——我們考了好幾場奇特的考試。
「升上二年級大概會有比現在還要奇怪的特別考試吧？」

「……欸，我可以問你一個奇怪的問題嗎……」

我自言自語似的嘟噥著。一之瀨則久違地回應我。

「嗯，如果隔著一扇門也沒關係的話，那妳就儘管問吧。」

我欣然地表示歡迎，但一之瀨沒有馬上回話。

說不定這是她隔了好幾天第一次開口說話。

「為什麼你什麼話都不說，什麼問題都不問呢？」

「怎麼說？」

「同班同學還有不同班的朋友，大家都是來說服我去學校的。說有煩惱的話，希望我能告訴他們。可是，那種話你一句都沒說，卻每天都像這樣過來吧……為什麼呢？」

她的意思應該不是希望我像其他學生那樣替她擔心吧。

因為她不懂我是為了什麼才天天溜出學校，浪費午休。

「因為比起我這種人，擔心妳的學生都說服了好幾次。我不覺得跟妳關係不深的我懇求妳，那些話就會打動妳。」

房間裡傳來細微的腳步聲。

她隔著一扇門在我身後坐下的感覺傳遞了過來。

「我每天都在這裡，或許是因為在等妳傾吐一切吧。」

「等我……傾吐一切？」

我在此才初次決定深入一之瀨的內心領域。

「我知道妳犯下的罪行是什麼。」

「唔……」

「不過，就算說知道，我也不清楚太詳細的背景呢。妳被坂柳提起過去，假還請成這樣。我認為自己很清楚對妳來說壓在身上的那件事有多麼沉重。可是，就算我說出那種話也沒有用。」

「你怎麼……會知道呢？」

「那件事現在並不重要。重要的是，我也不打算主動涉入太多。」

如果一之瀨不打算說的話，這件事就會在此打住。

「妳大概很不擅長坦率地跟別人訴苦吧。妳就是那種就算可以拯救別人，也無法拯救自己的人，所以我現在才會在這裡。」

我之前沒表達的想法，現在應該有一點一點地傳達到一之瀨那邊了。

四周籠罩著短暫的沉默。

想傾吐情感時沒有傾吐對象是很難受的。

我在White Room見過無數那樣的小孩。

那些人不久就會被自己壓垮、消失——無法再次振作起來。

「我現在是一扇門。只是一扇看不見妳的表情也碰不到妳的門。妳只是對那扇門揭露脆弱的自己，任何人都不會笑妳的。」

喀。我將咖啡罐擺到地上。

「妳要怎麼做呢，一之瀨？現在是妳的關鍵時刻。」

一之瀨帆波的夥伴們都很委婉且乖巧。不難想像他們面對可靠的領袖會接連拋出溫柔的話語。

不過那是不行的。就支持一之瀨的人來講或許是正確答案，但就糾正她的角色來講是不對的。必須強行施加制服她的壓力。

「就算我像這樣沒出息……也可以嗎？」

「誰有權利否定呢？」

「我這個罪犯……有可能被原諒嗎……」

「所有人都有權利被原諒。」

我打動了她的心。

接著，就看一之瀨會不會回應而已。

一之瀨在這扇門的對面慢慢開口：

「我呀——偷過東西。國三的時候因為很痛苦，半年期間都跟學校請假。我一直都在責怪自己，沒辦法跟任何人商量，就像現在這樣窩在狹窄的房間裡……」

一之瀨拚命地按住心裡的傷口。現在則是移開了那雙手開始說了起來。

她說出了自己做過的事，以及悶在心裡的脆弱。

她說這件事只有和南雲說過。說坂柳告訴她有同學找她商量說有學生曾經順手牽羊。她覺得這不可能是偶然，感覺到坂柳是從南雲那裡得知自己的過去。坂柳不給自己說謊的空間，她就只能把事情吐出來。

以及自己要表現得很堅強以及無法示弱。

她問我知不知道承認自身的罪行是多麼困難、恐怖的事情。

大多數心靈不成熟的年輕人都偷竊過——不對，是體驗過某些「罪」。不過，要是他們在眾人面前被那樣說，大概都會異口同聲地表示「我沒做過那種壞事」吧。這是當然的。承認自己的罪行並且於公共場所說出口，是很恐怖且困難的，所以許多人才會在正義名下嚴厲指責犯人。然後，眾人就會了解到犯人悲慘的末路。而犯人則會隱瞞自己的罪行，一直抱著絕對不會說出口的罪，披著好人的皮繼續活下去。

一之瀨非常內疚，並獨自度過了半年。

接著，總算從束縛中逃脫……不對，是成功逃了出來。

但那卻會隨時緊緊跟隨著她。到死都會追上來。

實際上，現在那些事又像這樣擋在一之瀨面前，朝她的內心襲擊而來。

所以她只能在某處面對問題。

我聽完一切時午休應該就結束了吧，不過沒差。

就算下午的課程開始了，我也只是一直聽著一之瀨說話。

我沒有安慰她，也沒有斥責她。

一之瀨在門的另一側壓抑聲音哭著。

我沒有出言安慰。

因為那種話對現在的一之瀨沒有意義。

她該對抗的對手打從一開始就已經決定好了。

那就是她自己。這就要看她能否靠自己劃下休止符，僅只如此。

在真正意義上可以面對自己罪行的人極為稀少。

不過，人在可以面對罪行時……就能有進一步的成長。

以上——

就是一之瀨在跟夥伴們揭露一切之前與我之間的所有互動。

回歸

總算到了期末考當天。

大家應該都會以模擬考為基礎，各自定下種種對策迎接今天。根據堀北的報告，須藤、池、山內他們好像都準備得相當萬全，聽說這個星期徹底把應考對策學了下來。

明人、波瑠加、愛里，還有惠。我周圍的人也充分地提昇了水準。其他學生都有平田支援。因為也沒出現學生有問題的報告，因此剩下來只要注意身體狀況層面再應考，班上同學大概都可以熬過去吧。這時，我身後小步疾行的腳步聲在我旁邊緩下了速度。

「早安，綾小路同學！」

滿臉笑容靠過來的人是一之瀨。

「早安，一之瀨。」

「今天終於就是期末考了呢，你有好好讀書嗎？」

「算是有吧。妳那邊——也用不著我特地確認呢。」

B班遠比我們班更團結而且有應考對策。根本完全不用想像。到前些日子為止都請假的一之瀨在讀書方面也沒有任何不安要素吧。

「昨天的妳還真帥氣，我這男生都看得入迷了呢。」

「是、是嗎……就像坂柳同學說的那樣，那只是我厚顏無恥而已。」

一之瀨本來就沒有罪，她因為母親適當的對應才得以不受盤問就解決問題。

她只是自己去背負著不必要的罪。

「這也全是多虧你讓我好轉起來。」

「因為我不能像B班學生那樣在妳身邊替妳擔心。我只是想聽妳傾訴，妳不需要道謝。」

「不對……沒有你的話，我覺得自己一定會跟去年一樣把自己壓垮。在這種意義上，這次我真是完全輸給坂柳同學了呢。」

坂柳完全制住了一之瀨，把她逼到眼看就要自我毀滅。

要是沒有我的介入，她確實不知道會變得怎麼樣。

不過，有些事也不能讓人誤會。

「妳太感謝我，我也很傷腦筋。我只是個契機。最後能不能打敗過去，也只有妳自己才辦得到。」

「……嗯，是呀。覆水難收，說不定不管經過多久，我認為自己罪孽消失的那天都不會到來。不過……這次過後我就可以好好面對事實並且生活下去了。我有這樣的把握。」

她已經沒問題了吧。不論被誰責怪，一之瀨應該都有辦法面對了。

我賦予一之瀨的這個變化，使她成長到比任何人都堅強。

今後，她對其他學生來說，也會變成比目前為止任何人都更強大的對手吧。

即使如此，人生也沒有必然。

「妳要是可能又快迷失自我的話，可以再來找我。」

「咦……？」

「到時候——我想想。只是傾聽的話，我應該還是做得到。」

一之瀨突然停下腳步站著不動。

「我可以麻煩你嗎……？」

「如果妳不嫌棄我這種人的話。」

「真的嗎？」

「……嗯，真的。」

她再三地確認，我因此有點困惑地點了頭。這時，她回以小聲的答謝。

「……謝、謝謝……你……」

就總是很爽朗的一之瀨來說，這種反應還真稀奇。

她自己好像也覺得這樣子很奇怪，因此用力地左右甩頭。

「可、可是呀……你有一天不會後悔嗎？」

一之瀨觀察我這邊似的問我這種問題。

「嗯，我想想。假如這樣我們就會止步在B班，而一之瀨你們會在A班畢業的話，那我可能會受到同班同學的怪罪呢。」

「說、說得也是呀。」

一之瀨面露苦笑，搔搔臉頰。

「到時候，就至少先幫我對堀北保密吧。」

「……呵呵。是呀，那就先這麼辦吧。」

在隔壁與我並肩而行的一之瀨完全挺直了腰桿。

她只因為一個契機，就脫胎換骨似的展露爽朗姿態。

好了，接下來只要熬過期末考就好。

一之瀨靜靜地望著我這邊。

「怎麼了？」

「咦、咦？」

「妳從剛才就一直盯著我吧？有話想說的話，我會聽喔。」

「那個呀，其實——啊！抱歉，綾小路同學，你可以等我一下嗎？」

一之瀨話到一半，就被前方的學生奪走了目光。

看見對方的背影還有跟班，我一眼就知道是誰了。

「抱歉，我去去就回。」

一之瀨說完就先離開我，然後追上前面的學生。

「早安，南雲學長。」

「是帆波啊？妳一早就很有精神呢。」

「因為我就是這種人嘛。」

一之瀨露出了一如往常的笑容，南雲說不定會對此很驚訝。

「妳不恨我嗎，帆波？」

「恨……是嗎？」

「為什麼？」一之瀨覺得不可思議地偏了偏頭。

然後，她應該馬上就領悟到他問話的含意。

「我才不會怨恨呢，我對南雲學生會長只有感謝而已。我真的很感謝你願意把我拉入學生會，今後我也會努力的，還請你多多指教。」

「是嗎？看來妳好像會展現出超乎我期待的活躍表現呢。」

南雲有一瞬間看了我，不過馬上就背對著我，邁步而出。

不難想像那些眼神是在訴說著什麼。

他原本打算毀掉一之瀨並親手讓她重生，並把她馴服成棋子。

那些眼神是在不爽那些事情遭受妨礙。

他在某處掌握到我有插手這件事情。

跟南雲行完禮的一之瀨再次回到站著不動的我的身旁。

「那個呀！」

一之瀨一回來，就用格外大聲的音量叫了我。

然後張大了嘴，打算繼續說下去：

「那個……呀……」

她說著就把手放到書包裡，然後僵住了動作。

「怎麼了？」

「呃，那個、那個呀……真、真奇怪，我明明就打算更俐落地拿出來……」

她在書包裡移動手臂，猶豫不決了一會兒，之後就下定決心似的拿出某樣東西，然後遞來給我。

「雖然有點晚，不過這個情人節巧克力……可、可以請你收下嗎？該怎麼說呢？雖然目前為止，我都沒送過這種東西……但是我只能靠這種事情來答謝你……」

「可以不用勉強給我什麼回報喔。」

雖然十四日已經過了，不過可以從女孩子那邊收到巧克力感覺也不賴。

不過，我不是為了收到巧克力才行動，所以也沒必要勉強她。

「我我我、我沒有在勉強自己喲。你、你不要嗎？」

「不……謝謝妳。」

巧克力太長時間露在外面可能會引人注目。

我決定心懷感激地從一之瀨那邊收下禮物。

後記

東京的好處是什麼呢——我最近突然這樣想到。這時我就會覺得好處是擁有許多會被報導在媒體上的餐飲店，而且可以直接前往那些店家的這點。不過，如果是被電視報導完剛過不久，也常常會因為太受歡迎而進不去。可是物價太高就是最大的缺點……

是的，好久不見。

我是上回才想著第八集發售了，現在就要迎接第九集發售日的衣笠。

雖然很唐突，但我最近對自己的健康感到十分不安。

因為工作性質，我一天近三分之二都是坐著度過，因此血液循環變得很不好，背部也變得很疼痛。年輕時靠肉體潛能就可以撐過去，但現在也逐漸無法這樣敷衍了事了。

我有定期做保養，但感覺要是不治本大概就不會有光明未來了吧。

那麼，這次第九集是情人節的故事，以及到期末考為止的故事。

男主角身邊的女生也開始慢慢增加。主角也有可能在二年級的某處跟女孩子深入發展下去呢——我都會事不關己地這樣想。

本集的故事以至今鎂光燈都沒聚焦過的一之瀨為中心。

這次沒有特別考試，發展較為平穩（？），不過性質偏向嚴肅。

下次第十集的特別考試之後，一年級篇就終於要劃下句點了。

將近四年的連載還只寫了一年嗎……儘管我也會這樣想，可是今後的發展方式也會稍微加快腳步……也說不定（我還不清楚）。

編輯在我開始寫這部作品時對我說過的話，現在也還留在我的腦海裡。

他說：「幸好這部作品的時間一定會往前走。」

不論多漫長，終有結束的一天。

我一開始是笑著聽的，不過，現在卻是以相當認真的表情同意確實如此。

另外，希望在下集裡可以讓各位看看截至目前的班級點數、主要角色的個人點數推移等等的故事。

那麼各位，我們下回第十集再見。

GAMERS電玩咖！ 1~8 待續

作者：葵せきな　插畫：仙人掌

教育旅行後，兩組情侶邁向新的關係。
戀愛的少女們趁這個機會展開行動。

希望故事在這時候能搖身一變，轉型成清新戀愛喜劇，然而——「我、我已經不是『女友』，而是『前女友』了喔！」廢柴女主角分手以後還是放不下。趁這個機會，戀愛的少女們展開行動。於是，到了聖誕夜，「人為的奇蹟」翩然降臨於某段戀情。

各 **NT$180~240/HK$55~75**

Hello,Hello and Hello

作者：葉月 文　插畫：ぶーた

這是一個悲傷到接近殘酷、讓人揪心不已的故事——
第24屆電擊小說大賞金賞得獎作品登場！

不知為何認識我的神祕少女——椎名由希總會向我搭話。我們不斷累積終將消失的回憶，立下許多不存在的約定。所以，我一無所知。無論是浮現在由希臉上的笑容的價值、流下的眼淚的意義，還是包含在無數次「初次見面」當中的唯一一份心意——

NT$250/HK$82

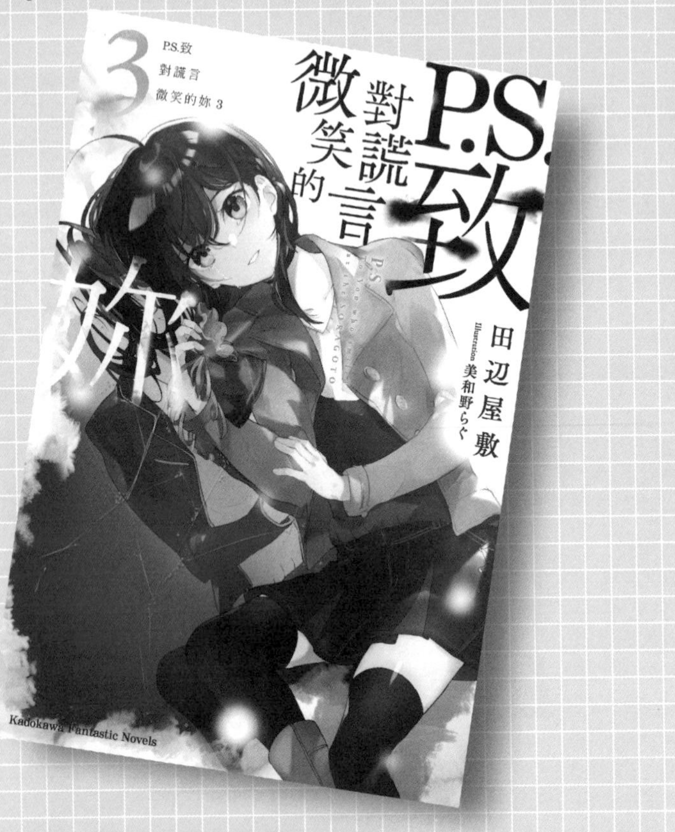

P.S.致對謊言微笑的妳 1~3（完）

作者：田辺屋敷　插畫：美和野らぐ

遙香突然出現在正樹的學校，
不僅失去記憶，連本性也消失了？

遙香為什麼會出現在我的學校？又為什麼失去了與我之間的記憶？更重要的是，為何「遙香的本性消失了」──？為了尋找解決的方法，我試著接近變得莫名溫柔的遙香，在暖意與突兀感中度過每一天。但是在聖誕節當天，遙香說出了令人難以置信的話──

各 **NT$200~220/HK$65~75**

三個我與四個她的雙人遊戲

作者：比嘉智康　插畫：服部充

當三重人格的男孩遇見四重人格的女孩，
織成了純度100%的愛情故事。

一色華乃實與囚慈、θ郎和輝井路三個人格相依為命的市川櫻介隊在高中重逢，提議重玩他們在小學時玩的多重人格遊戲，並且聲稱想實現這些人格以前的夢想。囚慈在這段不可思議相處中喜歡上了華乃實，但是，在第二度的流星雨之夜，他們迎來的是──

NT$190/HK$62

六號月台迎來春天，而妳將在今天離去。

作者：大澤 めぐみ　插畫：もりちか

為什麼非要等到一切都太遲時，
才能說出最重要的那句話？

茫然憧憬著都會生活的優等生香衣、「理應是」香衣男朋友的隆生、學校裡唯一的不良少年龍輝、為了掩飾祕密而扮演香衣摯友的芹香。四人懷有自卑感、憧憬、情愫和悔恨。在那個車站，心意互相交錯，但人生中僅有一次的高中時光仍持續流逝……

NT$220/HK$75

在流星雨中逝去的妳 1 待續

作者：松山剛　插畫：珈琲貴族

以「太空」與「夢想」為主題，
感人巨作揭開序幕！

「就像過去會影響現在，未來也會影響現在。」二〇二二年十二月十一日——我絕對忘不了的這一天，軌道上的所有人造衛星墜落，人稱「全世界最美麗的恐怖行動」，有唯一的犧牲者……！為了拯救繭居少女天野河星乃，高中生平野大地挺身對抗命運。

NT$250/HK$83

國家圖書館出版品預行編目資料

歡迎來到實力至上主義的教室 / 衣笠彰梧
作 ; Arieru譯. -- 初版. -- 臺北市 : 臺灣角川,
2019.08-
　冊 ;　公分
譯自 : ようこそ実力至上主義の教室へ
ISBN 978-957-743-081-6(第8冊 : 平裝). --
ISBN 978-957-743-349-7(第9冊 : 平裝)

861.57　　　　　　　　　　108007851

Kadokawa Fantastic Novels

歡迎來到實力至上主義的教室 9

（原著名：ようこそ実力至上主義の教室へ 9）

2019年11月19日　初版第1刷發行
2024年7月3日　初版第9刷發行

作　者：衣笠彰梧
插　畫：トモセシュンサク
譯　者：Arieru

發行人：台灣角川股份有限公司
總　監：呂慧君
總編輯：蔡佩芬
主　編：林秀儒
編　輯：黃怡珮
設計指導：陳晞叡
美術設計：宋芳茹
印　務：李明修（主任）、張加恩（主任）、張凱棋、潘尚琪

發行所：台灣角川股份有限公司
地　址：104台北市中山區松江路223號3樓
電　話：（02）2515-3000
傳　真：（02）2515-0033
網　址：www.kadokawa.com.tw
劃撥帳戶：台灣角川股份有限公司
劃撥帳號：19487412
法律顧問：有澤法律事務所
製　版：巨茂科技印刷有限公司
ISBN：978-957-743-349-7